AF450704

ÁGUILA DEL DESIERTO

Francisco López Cardiel

EDIQUID

Índice de contenido

Capítulo 1

El presidente de la República estaba reunido en el salón Zarape, de Los Pinos, con los ministros que en ese momento consideraba de su mayor confianza; analizaban el llamado «error» que motivó la devaluación. Era el mediodía del sábado 27 de diciembre de 1995, se acababa de producir la noticia bomba: ¡el peso se había devaluado un 25 %!

El presidente Héctor Gonzaga Alvarado presidía la reunión en la pequeña mesa de juntas; a su derecha estaba el recién nombrado ministro de Hacienda, Javier Marínez Schermburg, y enseguida el de Gobernación, José Luis Márquez Ferrez. Completaban el cuórum Pedro Adona Caso, de Energía, y Alejandro Catañón Gohez, de Asuntos Exteriores.

El ambiente era tenso; todos emitieron alguna opinión a fin buscar una solución a la grave crisis que tenían encima. Unos con palabras más, otros con palabras menos realizaron una lluvia de ideas, lo cual era lo que requerían en ese momento.

El presidente Gonzaga ya había tomado algunas decisiones con respecto a movimientos dentro de su gabinete, determinación que en esa circunstancia reduciría el impacto que había tenido le publicación de la noticia. En realidad, creía que con esos cambios tendría más cercanas las posibilidades de solventar la situación.

En esa coyuntura, los miembros del gabinete sabían que además de participar en la solución, sea la que fuere, pasarían a formar parte de la historia, para bien o para mal, aunque si se les preguntara qué preferían, la respuesta sería obvia.

Las propuestas giraban en torno a la forma en que se deberían captar ingresos en un corto tiempo, lo que serviría para apuntalar la economía y recuperar parte de lo que la devaluación había causado a la moneda del país. Se habló desde aumentar los impuestos —el curos de acción más común para estas situaciones— hasta legalizar las drogas, medidas descabelladas que buscaban responder a la crisis nacional de manera efectiva para disminuir el golpe a los bolsillos de los ciudadanos.

La prensa y el país esperaban las disposiciones del gobierno de turno y, en una situación tan mala, no podían salir con otra cosa más que con un plan que llevara a la recuperación en el corto plazo. La presión era grande y se debía actuar en concordancia.

Después de una sesión de largas horas, se levantaron y estiraron las piernas; habían llegado a una peligrosa y por demás aventurada decisión, que de no instrumentarla con discreción y tacto desencadenaría conflictos dentro y fuera del país.

28 de diciembre: La devaluación

Como todas las mañanas, Julio se despertó a las seis y treinta de la mañana con las noticias de la radio. Lo primero que hizo fue encender la cafetera eléctrica para comenzar a disfrutar el aroma del café negro que conseguía en la tienda que tenía casi toda la variedad de cafés del mundo; había probado la mayoría y concluyó en que el de la sierra de Chiapas era el de mejor sabor y olor.

Julio César Beranza Ortega era un ingeniero químico que se distinguía por su sagacidad, gran capacidad y empuje; siempre trabajó en empresas trasnacionales dedicadas a la explotación y localización de mantos petrolíferos en todo el mundo. De barba rala y piel morena, un metro setenta centímetros de estatura y constitución delgada, era contemporáneo del recién nombrado ministro de Hacienda, con quien había estudiado en la preparatoria 5 de la UNAM, ubicada en lo que había sido la antigua hacienda de Coapa.

Solían caminar por las tardes desde la avenida Tlalpan hacia el interior de la colonia sobre la avenida del Hueso, que en los setentas, década cuando fueron estudiantes, no estaba pavimentada; solo tenía las banquetas de cemento, por lo que podían andar hasta la prepa sin el problema de encontrar agujeros, como los había sobre la calle.

Salían de clase a las diez de la noche y regresaban por el mismo camino hasta la calzada de Tlalpan, trayecto que transitaban a oscuras ya que la avenida apenas contaba con alumbrado público, por lo que navegaban con una tenue claridad que provenía de las luces de las casas que existían en aquella época.

La escasa iluminación les permitía disfrutar del espectáculo del cúmulo de estrellas que les brindaba el cielo. Ese recorrido nocturno había propiciado pláticas que recordarían por siempre, ya que andar en aquella semioscuridad facilitaba un ambiente especial que no tenían en otro lado. Allí nació una amistad que a la fecha se mantenía tan fuerte y clara como al principio.

El éxito de esta amistad radicaba en que desde siempre fueron afines y además compartían el gusto por las mujeres, la buena vida, los platos de la alta cocina y los sitios exclusivos, por lo que en su juventud y parte de su edad adulta vivieron las aventuras y experiencias propias de un par de amigos que buscaban diversión pero siempre sin excesos. Si bien no compartían las mismas ideas políticas y sociales, sí tenían en común la sinceridad, la honestidad en el trato y, sobre todo, el respeto de sus opiniones y formas de pensar.

Julio escuchó con detenimiento la noticia de la devaluación y la del nombramiento de su amigo en el Ministerio de Hacienda y pensó en el paquete tan grande que tenía encima, por lo que quiso hablarle por teléfono más tarde para felicitarlo y ponerse a sus órdenes. Tenía planeado asistir ese día al Museo Universitario de Ciencias y Artes de la UNAM para ver la exposición sobre la vida en la selva africana; además quería palpar, a su modo y sin mediadores, el ambiente que se respiraba en el campus universitario y en los alumnos por la decisión del rector de aumentar las cuotas de colegiatura. Como exalumno, tenía mucho cariño y respeto por la institución que lo había formado.

Estaba reflexionando sobre las declaraciones del rector cuando sonó el teléfono.

—¿Bueno?

—¿El ingeniero Beranza? —preguntaron del otro lado de la línea.

—A sus órdenes.

—Buenos días, ingeniero —escuchó una voz femenina con tono de amabilidad—, lo voy a comunicar con el licenciado Marínez; permítame, por favor.

Mientras esperaba, recordó a su amigo: tez blanca, un metro setenta y siete de estatura, unos 92 kilos de peso, barba tupida y un poco calvo, como era de esperarse. Sonrió al acordarse de la vez que por andar de parranda se quedaron sin gasolina en pleno desierto, en la carretera que va de Chihuahua a Ciudad Juárez. Allí conoció el rasgo tan característico de su compadre: el ímpetu, que en ocasiones los llegó a meter en problemas, pues Javier Marínez no consideraba dos veces las cosas antes de hacerlas.

Se congratuló de haber tenido la posibilidad de vivir todos esos momentos con alguien que por sobre todas las cosas siempre le había demostrado cariño y lealtad a su amistad. Cinco segundos después escuchó su voz.

—¡Compadre! —lo saludó Javier—, ¿cómo estás? Espero que no te hayan despertado; y si es así, mis disculpas.

Sin que tuvieran una relación formal de compadrazgo, se llamaban compadres entre sí porque en alguna jarra quedaron de acuerdo en que al nacer sus primeros hijos los llevarían a bautizar. Sin embargo, Julio no tuvo hijos en su fracasado matrimonio y el hecho de viajar constantemente por asuntos de trabajo no le permitió el tiempo para bautizar a alguno de los tres hijos de Javier. No obstante, ambos sabían que el tiempo les daría la oportunidad de cerrar el círculo.

—No te preocupes, compadre, ya estaba preparándome para salir. Voy a la UNAM, ya que me preocupa mucho lo que está pasando ahí; quiero saber si los ex universitarios podemos hacer algo, pues las autoridades no dan señales de querer o de pedir que aportemos al menos nuestra opinión.

—Ojalá pudiéramos hacer algo —dijo Javier—, ya ves que estoy ocupando ahora un puesto que me permitiría meter las manos, aunque en verdad no veo cómo; pero con lo que tú observes y palpes podríamos saber en qué podríamos apoyar. Oye, espero que hayas escuchado las noticias de la mañana.

—Así es y te felicito por el nombramiento, mas no por las circunstancias en que se dio —respondió Julio.

—Claro, yo lo sé y te lo agradezco —repuso Javier—. Sin entorpecer tus planes, te quiero pedir que nos veamos, pues tengo que platicar con cuanto antes contigo. Así que fija hora y lugar, y sin falta estaré ahí.

29 de diciembre: La primera reunión

El sitio, un pequeño café en el jardín de La Conchita, en Coyoacán, se prestaba para platicar sin interrupciones ni ruidos molestos y sin necesidad de alzar la voz más de lo necesario.

—¿La mesa de siempre? —preguntó el capitán al llegar Julio César, después de saludarlo.

—Sí, por favor —contestó él—. Te voy a pedir que al llegar la persona que espero, seas tú quien nos tome la orden y nos sirvas, y que nadie nos moleste.

Javier Marínez llegó en un Volkswagen blanco y lo estacionó en la calle Ferrocarril. Vestía mezclilla, camisa vaquera a cuadros y tenis blancos con vivos azules; no lo acompañaban los guardaespaldas que, como secretario de Estado, tenía asignados. Él sabía que como era tan reciente su nombramiento la gente no lo reconocería tan fácil. Por eso ahora podía dejar por primera y última vez a los guardaespaldas.

Para evadir a los periodistas, había dispuesto que el auto de vidrios polarizados saliera del edificio del ministerio con su secretario particular a bordo, seguido de los dos autos de los guardaespaldas. Con eso logró su objetivo, ya que la guardia de periodistas apostada en las puertas del edificio se movió para tratar de alcanzar la caravana con la esperanza de obtener alguna noticia.

—¡Compadre! —Julio lo abrazó con efusividad—. Estoy intrigado porque tu voz en el teléfono se escuchaba un poco nerviosa e inquieta. La verdad, que yo recuerde, nunca me habías citado así, con tanto misterio.

Se acercó el capitán de meseros y les tomó el pedido.

—Así es. Mira, compadre —empezó a confiarle Javier—, no creo necesario advertirte que lo que te voy a platicar merece estricta confidencialidad y por ninguna razón se debe comentar fuera de esta mesa. Como ya te enteraste, se tuvo que tomar la decisión de devaluar la moneda ante la caída de las bolsas en varias partes del mundo y el desplome de los precios del petróleo, causado por la sobreproducción en el Medio Oriente; una situación que no se tenía prevista. Aunado a esto, por la confianza y la bonanza artificial que se estaba viviendo hasta el mes pasado, se tomó la decisión de hacer un pago a nuestra deuda externa, fuera de lo programado, para aminorar intereses y acrecentar la confianza de nuestros acreedores sin menoscabo de la liquidez en nuestras finanzas públicas. La crisis nos sorprendió sin la suficiente reserva monetaria para soportar las presiones internas y externas; de ahí resultó la devaluación. Será necesario efectuar ajustes en los programas de ingresos y gastos del sector público.

»Ahora bien, como queda claro, dependemos en gran medida de nuestras ventas de petróleo para lograr al máximo posible nuestras metas de ingresos previstas para este ejercicio. El problema en verdad es de proporciones gigantescas —afirmó, con énfasis en las dos últimas palabras.

—Como te podrás imaginar, la solución no es fácil, ya que reducir los gastos en el sector público impactará de forma directa en la economía del país y en los bolsillos de la gente, escenario que no se contempla deseable, sobre todo porque el doctor Gonzaga lleva apenas 45 días que ascendió al poder y ya se está hablando de la poca experiencia del presidente en esta materia, por lo que no vaticinan un sexenio favorable. Además, por cambiar parte del gabinete se le califica como incapaz de seleccionar a las personas idóneas para las secretarías de Estado, reconvención que no lo tiene nada contento.

—Pensamos en varias alternativas de solución —continuó Javier, consciente de que había captado la total atención de Julio, quien no dejaba de mirarlo y no hacía ningún movimiento para no perder la atención de lo que se le estaba comentando—, desde la más simple hasta la más compleja, y fuimos razonando las ventajas y desventajas de cada una. En fin, ya se están tomando acciones; sin embargo, dentro de las ideas disparatadas está una que llevamos a cabo a pesar del riesgo, solo que se necesita al grupo idóneo y aquí es donde encajas tú.

En cuanto Javier terminó de hablar, Julio volteó a buscar al capitán, quien estaba atento a la señal y, con un ademán muy poco perceptible, le solicitó que llevara lo que habían ordenado.

—Déjame entenderte, ¿me dices que yo voy a ser parte de una solución extravagante para resolver un problema de economía nacional y de paso político? —preguntó Julio, con un gesto de asombro que solo Javier podía entender y mesándose los pocos cabellos que tenía.

—¡Exacto! —puntualizó Javier con entonación, levantando luego la mano para indicarle que primero escuchara y después opinara—, pero permíteme explicarte de qué se trata y al final hacemos comentarios.

Comenzó a platicarle el plan y, mientras lo escuchaba, la mente de Julio trabajaba a velocidades cibernéticas, esforzándose por acomodar y racionalizar lo que oía. A medida que su perplejidad aumentaba, se preguntaba si sería una broma, pero enseguida se contestaba que no, porque después de todo era Javier quien se lo estaba planteando y sabía que en asuntos tan serios su compadre no se prestaría a ninguna jugarreta; tal era la confianza que le tenía.

Tras escuchar el final de la exposición, Julio se quedó callado un largo rato, dando sorbos a su café y mirando en ocasiones al ministro de Hacienda, quien con paciencia, sabiendo el impacto que sus palabras habían causado, esperó la reacción de Julio el tiempo necesario para escuchar su comentario.

En el café, la gente platicaba con una canción de Joan Manuel Serrat al fondo. Javier los miraba sin prestarles real atención, pensando en la cantidad de cosas que los ciudadanos no saben y que los afecta de manera directa. Sin embargo, también pensó que si se supieran el caos que se crearía acarrearía peores consecuencias; así que no sabía en realidad si era mejor o peor no saber.

Julio habló por fin y Javier supo que ya había asimilado la sorpresa. Se dispuso a escucharlo.

—Mira, compadre, en verdad todo esto me parece una locura —dijo Julio con firmeza—. Estamos de acuerdo en que las implicaciones podrían ser muy serias y muy costosas, aparte del tiempo que se necesita para planear y ejecutar la acción.

Al hablar, mantenía un ritmo que denotaba que cada palabra estaba perfectamente acomodada, pues la conversación había tomado un rumbo que no permitía equívoco alguno.

—Solo porque viene de ti le doy toda la credibilidad al caso —se quedó mirándolo a los ojos con semblante serio—. Cuentas conmigo.

Había finalizado en un tono que no dejaba dudas sobre sus palabras.

—Bien, compadre, yo sabía que podía contar contigo, que no me defraudarías —respondió Javier, con un suspiro profundo y en tono festivo, a la vez que con el puño derecho hacía un ademán de unión y fuerza.

—En cuanto al tiempo, es imprescindible que se comience a trabajar de inmediato, ya que en este momento el tiempo es nuestro principal enemigo. Hoy tenemos una reunión en el comité, les informaré sobre tu aceptación. Conociendo tus capacidades, te propongo que elabores un plan, que lo revisemos juntos en 48 horas y una vez que estemos de acuerdo se lo presentamos al presidente. ¿Te parece?

—Correcto —contestó Julio con seguridad.

—Compadre, esto que me planteaste debe ser un secreto que solo deben conocer muy pocos, ¿cierto? —le planteó solo para ratificar la confidencialidad del asunto que tenía entre manos, y con énfasis en el comentario le preguntó sobre lo que hubiera pasado de no haber aceptado.

—Simple: ¡sabía que ibas a aceptar! —dijo Javier con una sonrisa.

Se despidieron. Julio aprovechó para caminar por el jardín, que tantas veces había recorrido. Siendo niño, acudía todos los domingos a escuchar misa y muchas veces, por las tardes, iba con sus primos a ofrecerle flores a la imagen de la virgen de la Concepción en la iglesia que Hernán Cortés mandó a construir en Coyoacán, una de las más antiguas de la ciudad y donde según la historia se celebró la primera misa de la región.

Cada 8 de diciembre, día de la Concepción, era obligatorio acudir a la feria y, por supuesto, a la quema de los castillos y el huir de los toritos que se quemaban en la placita. Años más tarde, el jardín era lugar de paso ineludible hacia la Secundaria 35, en la que Julio cursaría ese periodo de su educación.

El jardín, de senderos empedrados, permite caminar entre los árboles y estar cerca de los multicolores rosales, que con generosidad contrastan con el verde del pasto y los setos, elementos que forman el mejor cuadro que pintor alguno haya imaginado y que difícilmente olviden quienes lo han visto. Es muy singular el rincón ubicado a un costado de la iglesia, delimitado por altos setos cuya privacidad posibilita estar en un jardín dentro del jardín mayor. Sus bien planeadas áreas hacen que, extasiado, el espíritu logre paz y tranquilidad. Ahí Julio César comenzó a esbozar su plan.

Después de sopesar las ideas que le venían a la mente y de caminar durante un par de horas, determinó que los acontecimientos que en ese momento se daban en el mundo le daban la posibilidad de presentar un plan que hiciera realidad la idea descabellada de Javier. «Bien manejado, sería un plan exitoso», concluyó.

Se encaminó hacia su auto, que había dejado estacionado enfrente del restaurante El Convento, edificio del siglo XVIII en el que los religiosos de la orden de los Camilos cuidaban a los enfermos. Antes de subirse, volteó hacia el jardín y agradeció con una sonrisa que como siempre estuviera abierto y le ofreciera la tranquilidad y el cobijo que él necesitaba.

Capítulo 2

20 de octubre: En Bagdad

El 20 de octubre de 1995, mientras tomaba café sentado en el balcón de su cuarto del Hotel Babylon Rotana de la ciudad de Bagdad, Julio resumía las actividades del día. Allí se alojaba cuando desarrollaba trabajos para el gobierno de Irak, viendo en ocasiones hacia la ciudad, contemplándola en realidad sin prestarle atención al movimiento de gente y autos que se daba a esa hora del día. A veces su mirada se desviaba hacia el Dejlah, conocido también como Sirwan, en las lenguas kurda y persa, y que significa «mar rugiente» o «río que grita». El río serpentea a través de la ciudad, que, como toda urbe importante, tiene asiento desde sus orígenes a la orilla del curso de agua que la proveía del vital líquido.

La labor de Julio no era sencilla. Tenía la experiencia y la habilidad necesarias para trabajar con los mantos petrolíferos, pero lo que en concreto requerían los iraquíes era que detectara los mantos que «compartía» con su vecino Kuwait y ante todo que analizara, con la mayor precisión posible, las reservas de petróleo existentes en los mantos de ambos países.

Esta actividad lo llevó a conocer por completo la capacidad productora de Irak y sus reservas probadas para las siguientes dos décadas, tarea que también le permitió tratar con gente importante del gobierno de Sadam Huseín, tanto personas leales a él como quienes anhelaban el fin de su régimen.

Unos toquidos lo sacaron de sus pensamientos y fue hasta la puerta. Era Mohba Levin, su enlace con el gobierno de Irak. Abrió y lo invitó a pasar.

—Adelante. Estoy tomando una taza de café, ¿te apetece? —le preguntó.

—Gracias, ya sé que eres un buen conocedor; este que me ofreces sin dudas debe de ser un café muy bueno, así que lo acepto con agrado.

Mohba Levin ocupaba un cargo estratégico en el Departamento de Energía, motivo por el cual había sido designado como enlace. Pese al poco tiempo que tenían conociéndose, había nacido entre ellos una verdadera amistad, por lo que cada vez que se encontraban las diferentes nacionalidades, lenguas y creencias no disminuían en absoluto su gusto por conversar.

Desde el principio, estas conversaciones fueron muy cordiales, se sentían cómodos y ambos percibían que su afinidad se fortalecía. Tal como se iban dando las circunstancias, decidieron, sin platicarlo, que así sería aquella relación, sin precipitar discrepancias que pudieran afectar la empatía que habían alcanzado.

—Mohba, platícame, ¿qué pasó con la persona con la que te vi discutiendo esta mañana? ¿Cómo se llama? —preguntó Julio mientras servía el café.

—Roof, pero en verdad no tiene importancia —contestó Mohba, tratando de darle a sus palabras un tono distraído—, no vale la pena que sigamos comentándolo. Lo que ahora me trae a verte es la presión que me están haciendo sobre los resultados de los estudios realizados la semana pasada; exigen que los entreguemos cuanto antes.

—Está bien, solo tenía que terminar algunos cálculos para poder dejar muy clara la información. —Julio sacó de su portafolios un cuadernillo y un disco y se los entregó—. Aquí tienes el informe completo, tal y como quedamos, es la única copia.

—Perfecto, lo voy a leer. Si tengo dudas o comentarios te los haré saber —le dijo Mohba, guardando el cuadernillo y el disco.

—En cuanto a la finalización de mi contrato —precisó Julio—, creo que con esto cubro por entero mi labor, por lo que quedo en espera de tus instrucciones para poder partir; a menos que se tenga alguna disposición en contrario.

—Te llamaré apenas tenga noticias —le prometió, acercándose a la puerta—. De todas formas, ¿qué te parece si nos vemos a las nueve de la noche para cenar?

—Dime el lugar y ahí estaré con gusto —respondió Julio.

Tan pronto salió su amigo, Julio regresó al balcón y, sin tener algún asunto especial en mente, se sirvió otra taza de café y siguió disfrutando la excelente vista de la ciudad que le daba la habitación.

* * *

A las ocho y cuarenta y cinco de la noche, Julio se encaminaba hacia el restaurante París, cercano a su hotel, muy visitado porque su acreditado menú complacía los paladares más exigentes de los habitantes de Bagdad. Al calor de la noche, pensaba en la extraordinaria personalidad de Mohba, en quien no se le había hecho difícil hallar reciprocidad. Le tranquilizaba que hubiera mutua identificación más allá de los asuntos de trabajo, compartían gustos de lectura, música... y mujeres.

Sonrió al recordar la primera noche que se sentaron en aquel mismo restaurante y un muy especial aroma los hizo voltearse de manera simultánea. De nuevo sintió el mismo vuelco en el estómago al evocar a la preciosa mujer vestida de rojo que caminaba casi evanescente entre las mesas, provocando el silencio de todos y dejando tan solo escuchar en el lugar el ruido de sus tacones.

La música volvió a su mente y se imaginó que la tomaba del brazo y bailaba con ella, sintió vivo su aliento en su cuello y se imaginó aspirándolo junto con la fragancia que lo había iniciado todo.

Cayó en la cuenta de que estaba soñando con los ojos abiertos y se apenó con Mohba en esa ocasión. Sin embargo, se sintió mejor enseguida porque al girar la cabeza notó que él también estaba absorto ante la mujer y había volteado al sentir la mirada de Julio. Juntos soltaron una carcajada, pues se habían adivinado los mismos pensamientos. Casi se habían escuchado tarareando ambos en sus mentes «the lady in red is dancing with me/ there's nobody here/ it's just you and me», tal Chris De Burgh.

El hecho de tener poco tiempo de conocerse les daba en ese momento la ventaja de ignorar historias de sus vidas y de que no pudieran develar más de lo que hasta ese momento sabían de cada quien. De igual modo, tampoco podría sacar ninguno mayor provecho de la relación que entre ellos se estaba dando. Esto no lo apesadumbraba, pero le hubiera gustado que su amigo le contara más detalles de su vida y él a su vez a Mohba. Esto lo hizo en ese entonces vulnerable a los trasfondos de la amistad.

Mohba llegó y lo saludó con una sonrisa.

—¡Qué bueno que ya estás aquí! Veo que ya pediste algo de tomar.

—Ron con soda, ya sabes, ni muy dulce ni muy seco —respondió Julio—. ¿Leíste el informe?

—Le di un vistazo antes de pasarlo a los expertos —respondió Mohba mientras tomaba asiento al lado de Julio y buscaba al mesero—, porque, la verdad, tuve que hacer algunas actividades que me tomaron casi toda la tarde. Sin embargo, me pareció que está muy bien fundamentado y es muy preciso; no será difícil que con esto concluyas con éxito tu estancia en mi país.

—Me alegra —asintió Julio—, como te dije, quedo en espera de tus instrucciones.

Buscó al mesero para pedir otro ron y una bebida para Mohba, quien pidió una copa de vino blanco.

—Me gustaría que después de cenar me acompañaras con algunos amigos, quienes después de platicarles tanto de ti me solicitaron que te presentara con ellos. Si no tienes inconveniente, desde luego —aclaró, jugando distraído con la servilleta.

—Al contrario —repuso Julio—, será gratificante tratar con gente que no tenga nada que ver con los proyectos que me trajeron a tu país y que podamos platicar de otra cosa que no sea petróleo.

Esa última frase apenó un poco a Mohba, quien, sin hacer comentario alguno, asintió en silencio.

Durante la cena, que transcurrió con afabilidad, Mohba buscaba crear un ambiente propicio y la ocasión para decirle a Julio que por mucho tiempo había esperado encontrar a una persona como él, un verdadero amigo.

—Antes que nada, quisiera decirte que eres una persona a la que estimo mucho —le dijo cuando se trasladaban a la casa donde se reunirían—. A pesar del poco tiempo que tenemos tratándonos, me has demostrado sinceridad, seriedad y lealtad, valores de un verdadero amigo; por eso considero justo y además necesario advertirte que en este país existe mucha gente que no está de acuerdo con el sistema de gobierno que nos ha impuesto el presidente y dictador Sadam.

»Además, nos tiene sumidos en una pobreza enorme. No tenemos ni siquiera expectativas de que la situación vaya a mejorar. El presidente se aprovecha de la fe y del nacionalismo de la gente para aumentar el Ejército y meternos en la mente que los verdaderos enemigos de nuestro pueblo son Estados Unidos y los países occidentales que lo apoyan. Tiene dormida a la mayoría de la gente con su elocuencia.

»En este momento tememos que su actitud nos esté acercando a un enfrentamiento armado, del cual es probable que no salgamos victoriosos y que, como todo conflicto bélico, tendrá sus episodios malos y otros terribles. A lo que me refiero es que una guerra nunca es la solución de un problema y en este país no la queremos ni estamos preparados para ella.

»Con esto te doy las bases de los ideales de la gente que quisiera y pretende, en su justa ocasión, derrocar a Sadam. Esas personas integran un grupo llamado Día del Juicio, del cual soy un activo colaborador. Desde luego, este grupo se mueve en la clandestinidad, el gobierno todavía no tiene conocimiento de nuestra existencia y esto ha facilitado nuestro crecimiento. Te preguntarás si en la actualidad nos está asesorando la CIA, la inteligencia británica o alguna otra agencia extranjera; pues no, precisamente el éxito de nuestro grupo es que no nos han podido detectar. Llegado el momento solicitaremos el apoyo de los organismos que sean necesarios.

»Ahora bien, te comento que, salvo los miembros del grupo, eres la primera persona que tiene acceso, primero, a la información que te acabo de comentar, y segundo, a conocer en persona algunos de los miembros.

«¿Y yo en dónde encajo?», te preguntarás con razón. Bueno, la información que tú acabas de generar respecto a nuestras expectativas petroleras es muy importante para el desarrollo de nuestros planes, ya que, como sabes, el petróleo controla la economía mundial y de ello depende en gran medida que se lleven a cabo acciones que nos permitan realizar negociaciones determinantes con otros países al momento del derrocamiento del dictador.

Julio sopesaba en silencio cada una de las palabras de Mohba y pensaba qué posición tomar. Habló con toda la mesura que exigía la ocasión.

—Mohba, también yo considero que eres una persona que merece todo mi respeto y a quien he entregado mi amistad, por lo que puedes estar seguro de que como amigo no te defraudaré ni te traicionaré. Con respecto a los otros comentarios, te diré que estoy muy confundido, pues, como es obvio, no tenía la menor idea de que existieran como grupo y que tú pertenecieras a una organización como la que me acabas de describir. Por lo demás, no termino de entender por qué me comentas esto; en fin, ¿qué es lo que esperan de mí?

—Entiendo tu confusión y tu pregunta —respondió Mohba, moviéndose inquieto en el asiento—. Permíteme tranquilizarte: de ninguna manera corres ni correrás peligro, solo necesitamos a alguien como tú para que desde afuera puedas monitorear determinadas situaciones y que, con una perspectiva descontaminada, nos hagas comentarios que seguro nos serán de gran ayuda.

—Te repito, no me queda clara mi participación en esto, pero aun así vamos a ver qué se puede hacer —aseveró Julio, dejando claro que pese a todo estaba dispuesto a seguir adelante.

* * *

La casa no era nada fuera de lo normal; por el contrario, aparentaba ser un hogar acogedor. Mohba estacionó el vehículo y se apresuró a abrir la puerta. Había tres personas en la sala, quienes al verlos entrar se movieron en sus asientos, fijando enseguida sus ojos en Julio, escudriñándolo sin esbozar gesto alguno.

Julio se percató del evidente recelo y respiró profundo. «No puede ser de otra manera; lo mismo que siento yo, lo sienten ellos», pensó.

—Permítanme presentarles al ingeniero Julio César Beranza —dijo Mohba, antes de saludarlos—. Acabo de platicar con él y está dispuesto a escucharnos. Como es lógico, le asaltan una gran cantidad de dudas, así que, en principio, ya le comenté que no temiera por su seguridad; lo demás aquí se lo diremos.

Se acercaron a cada una de las personas sentadas y una por una le fueron presentadas a Julio.

—El doctor Assim, líder del proyecto de nuestra organización; el mayor Roff, a cargo de la seguridad; la ingeniera Fyara, encargada de los asuntos cibernéticos del proyecto.

Los saludó a todos y enseguida Julio estudió a cada uno de ellos. El doctor Assim, de unos 54 años, pelo cano y escaso, denotaba capacidad de mando, organización y autoconfianza. El mayor Roff, de alrededor de 48 años, tenía cuerpo e indudable presencia militar y, a pesar de que ya lo había visto esa mañana, no pudo distinguir entonces lo que ahora percibía: una persona nerviosa y de mirada cuestionadora. La ingeniera Fyara, de unos 38 años, era una mujer atractiva que hacía notar y sentir que no permitía ningún acercamiento más allá del que ella considerara necesario. «Y ¿en dónde entro yo?», pensó Julio de nuevo.

El doctor Assim tomó la palabra con seguridad y tranquilidad.

—Como es probable que solo a grandes rasgos esté enterado de lo que pretendemos, considero natural que todavía no acabe de entender su participación en todo esto; por lo tanto, permítame explicarle. Antes quiero decirle que, por su propia seguridad, es importante que no conozca más de lo que en rigor consideremos necesario según su grado de colaboración. Aunque, como le dijo Mohba, no corre usted ningún peligro, porque nuestra organización ha logrado mantenerse en el anonimato y seguimos estando seguros.

Mientras hablaba, Assim caminaba por la habitación pausando sus comentarios a fin de que sus palabras se entendieran con más facilidad. Julio lo miraba y lo escuchaba con atención, confirmando la primera impresión que había tenido de él.

—Las personas que está viendo ahora —continuó el doctor— somos los únicos que nos conocemos físicamente, ya que quienes integran los diferentes equipos, encabezados por Mohba, Roff y Fyara, no conocen a nadie más allá de su propio grupo y de sus dirigentes. Esto hace todavía más segura nuestra organización.

»En cuanto a su participación, creemos que con los conocimientos que usted posee sobre los mantos petrolíferos en nuestra región podemos hacer planes que soporten las negociaciones en el futuro con diferentes países. Aun así, para tener la posibilidad de abrir nuestras carpetas de negociación, es necesario que configure para nosotros un panorama de explotación, producción y comercialización de los mantos que detectó y sobre los cuales ya informó.

»Además, queremos que su labor vaya un poco más allá, necesitamos que mediante las investigaciones que ya efectuó determine qué pozos pueden ser destruidos sin producir daños significativos en las reservas y cuáles son los que en efecto crearían un caos. Comento esto porque sabemos de buenas fuentes que, si se llegara a dar un conflicto bélico, Sadam está decidido a hacer explotar los pozos en plena producción. Asimismo, valiéndose de los aportes del informe que preparó, está dispuesto también a dañar de manera significativa las reservas nacionales.

Julio lo escuchó con mucho interés, analizando y asimilando el mensaje.

—Empiezo a entender la propuesta que me hace —profirió Julio transcurrido un rato—, pero quiero despejar mi duda, ¿me están pidiendo que falsee la información que se presentará a Sadam?

Julio se preocupaba por su trabajo, que le merecía el mayor respeto.

—No quisiera que la palabra falsear la tomara de manera literal —respondió Assim, tratando de no alarmarlo—, más bien hacer algunos cambios que no sean detectables con facilidad y que, de alguna manera, sí proporcionen información errónea a Sadam. Sé que su reputación está en juego, sobre todo porque esta información seguramente será confirmada por otros especialistas. No obstante, con Mohba al frente de este proyecto tenemos la certeza de que tendremos el tiempo suficiente para poder llevar a cabo nuestros planes.

—Bueno, tendré que pensarlo muy bien —dijo Julio—, ya que esta propuesta me toma por sorpresa. En todo caso, ¿qué pasaría si no acepto?, sobre todo ahora que conozco personalmente la cúpula de la organización.

—No se preocupe —respondió Assim—, la verdad es que ya teníamos en cuenta sus antecedentes y confirmamos sus cualidades de persona honesta y humana, condiciones que consideramos cuando estrechó su relación con Mohba. De hecho, ¿vio usted al mayor Roff platicando con Mohba esta mañana? Precisamente se le estaba pidiendo que cuanto antes lograra esta reunión, por cuanto era necesario que se apresuraran las cosas.

—Agradezco sus conceptos hacia mi persona, pero no respondió a mi pregunta: ¿qué va a pasar conmigo si no acepto?

—inquirió Julio, sin dejar entrever que ya comenzaba a ponerse nervioso porque no tenía una respuesta categórica a una pregunta que seguro cualquiera en su situación hubiera realizado.

El silencio se apoderó de la habitación. Las miradas de Roff y Assim se cruzaron y de modo imperceptible asintieron; Mohba y Fyara estaban nerviosos esperando la respuesta e intercambiaron miradas de incertidumbre.

—No se preocupe —distendió Roff, quien hasta entonces había permanecido callado—, pues mi deber es cuidar la seguridad del plan. Desde luego, ya se tenía prevista esta eventualidad, por lo que se tomó la determinación, y solo como excepción, de permitirle regresar a su patria sin obstáculo alguno. Como se le explicó, tenemos excelentes referencias suyas y estamos convencidos de que si usted no abre la boca nadie tiene por qué saber de esta reunión ni de lo que acabamos de comentar.

—Les agradezco de nuevo su confianza —repuso Julio, con alivio—. Quiero confesarles que me siento abrumado y que haré un esfuerzo para clarificar esta situación. Tomaré una decisión esta misma noche.

Terminada la reunión, Julio se despidió, dejando a los anfitriones con la incertidumbre de que si no aceptaba se perdería la oportunidad esperada por tanto tiempo para llevar adelante su plan. Habían tenido la ocasión de conocerlo en persona y de percibir que los comentarios que Mohba había vertido sobre Julio apenas habían delineado su verdadera personalidad, por lo que muy dentro de sus corazones intuían que su respuesta sería afirmativa.

El camino de regreso al hotel transcurrió con rapidez. A esas horas de la noche el tráfico era mínimo, por lo que el auto avanzaba sin detenerse. Julio permanecía pensativo y Mohba no quería tocar el tema de la reunión. Encendió el estéreo y puso *Romanza*, el álbum de Bocelli, para crear un ambiente que evitara el intercambio de palabras. Además, para disfrutarlas a plenitud, las canciones y su intérprete exigían justo eso, eludir las tanto las distracciones de una plática como el ruido de los motores y del tráfico. Ambos parecían haberse puesto de acuerdo, ya que no prestaron mayor atención al exterior y se concentraron en la música.

Al llegar al hotel, Julio se despidió de Mohba con el acostumbrado apretón de manos, se quedó viendo cómo se alejaba y quiso salir a caminar antes de meterse a la cama, ya que sabía que no iba a poder dormir de solo pensar en lo que acababa de suceder. Salió hacia la derecha, distraído, y comenzó a imaginar las implicaciones que tendría el hecho de cambiar el reporte que ya había entregado. Entonces dedujo que quizá Mohba lo había retenido intencionalmente y por esa razón le estaban solicitando los cambios.

Pensar en la posibilidad de que el informe no hubiera sido entregado como era debido lo tensó un poco, pues ese era su trabajo y si él estaba allí era justo gracias a su buena reputación. Trató de encontrar una buena justificación por la que no hubiera sido entregado su reporte e intentó recordar, hasta donde pudo, cada detalle de la reunión. Sopesó cada palabra que se dijo, a efectos de convencerse de que si estuvo ahí era por un buen propósito, en particular que fuera él la persona que les iba a servir para ejecutar un plan que con vehemencia deseaban que se concretara.

Al final comprendió que él era la pieza que faltaba en la trama, y se sintió responsable, incluso más que las personas que había conocido. Justificó su realidad cuando concluyó en que su reporte era un elemento ineludible y apremiante para ellos, y que si se descartaba podía llevarlos por otros caminos mucho más peligrosos y sangrientos.

Mientras cavilaba, observaba a la gente sobre las banquetas; las veía comerciar, platicar, reír y más sentía el peso de su inminente decisión. Se preguntaba si él tenía el derecho de cambiarles la vida y, sobre todo, que esta gente en fin no supiera quién había llevado a cabo esa resolución por ellos.

Sin tener una idea clara del destino final de su caminata, se detuvo en un supermercado y observó las pocas personas que compraban mercancías a esa hora. Al igual que en su país, había gente que salía con el carro lleno y otros con apenas lo indispensable para comer al día siguiente. Comparó esa instantánea con lo que sucedía en su país y se percató de que la única diferencia entre los hombres era la religión y que en ese momento él era una pieza más de un ajedrez que en silencio se jugaba y en el que todos participaban, algunos en el papel de Sadam, otros en el de peones. Entendió que ahora le tocaba jugar el papel de Sadam y que nada cambiaría el futuro, ya que siempre habría buenos y malos; que la misma religión nos da la idea del bien y del mal y lo demás depende de nosotros.

En fin, comprendió que si les iba a cambiar la vida tendría que ser para bien, ya que el sacrificio que habían hecho, estaban haciendo y seguirían haciendo, merecía al menos el intento. En esta ocasión, se trataba de colaborar en el derrocamiento de un régimen que le habían comentado, por lo que en adelante él podría decidir si estar o no y ayudar a la gente a tener otra oportunidad. Así que, sin más razonamientos que pudieran afectar su determinación, resolvió que apoyaría la causa y se aseguraría de que la emisión de un nuevo informe no repercutiera en su profesionalismo y que lo haga quedar mal.

Caminó de regreso al hotel, solo que esta vez ya no cavilaba; se le notaba una ligera sonrisa, más de satisfacción que de alivio, y una sensación de euforia, pues el riesgo le hacía correr adrenalina por el cuerpo, la misma que había sentido apenas unos minutos antes al debatirse entre la duda y la responsabilidad. La diferencia era que ya había resuelto entrar al juego y jugar como Sadam.

Ya en su cuarto de hotel, trabajó en las modificaciones que le haría al informe, pero antes de emprenderlas hizo una copia que envolvió con todo cuidado. La enviaría a México antes de su salida de Irak.

22 de octubre: La conspiración

Al día siguiente, se levantó más temprano que de costumbre y encendió la televisión. Se transmitía un mensaje de Sadam, nada fuera de lo común, ya que a diferentes horas y por distintos medios se escuchaban ese tipo de alocuciones. La reunión de la noche anterior le hizo ver esos mensajes de otra manera, ahora los percibía como si escuchara en campaña a los candidatos de su país tratando de convencer a las masas de que lo que ellos expresan es no solo la verdad, sino una verdad de seis años.

Tomó el paquete y salió a depositarlo al Hotel Hyatt Oriente para su envío a México. Más tarde, Mohba pasó al hotel a verlo. Se saludaron y Julio le entregó un cuadernillo y un disco idénticos a los originales, con las modificaciones que había realizado. Por supuesto, no le comentó nada a su amigo sobre la copia que había enviado a México. No lo hizo por desconfiar de él, sino para que todos contaran con una mayor seguridad; así como ellos habían ideado que todos los participantes en la conspiración no se conocieran entre sí, de la misma forma no todos debían saber por entero lo que pasaba. «Simples medidas de seguridad», pensó.

—Te entrego la información definitiva —dijo Julio estirando la mano con un sobre idéntico al anterior—. Creo que con esto cumplo con mi parte, solo te solicito que destruyan el informe original.

—Por favor, no lo dejen caer en manos del gobierno —suplicó, consciente de que mientras estuviera en ese país su vida corría peligro.

—Está bien, no te preocupes —asintió Mohba, aceptando la responsabilidad y adoptando una actitud que le transmitió confianza a Julio—. Creo conveniente comentarte, para tu tranquilidad, que el reporte original ya lo destruí y me aseguré de que no quedara ningún rastro. Con esto que me entregas estás honrando tu palabra y eso ya es bastante. Hoy mismo lo entrego a la gente del gobierno y todo quedará como si nada hubiera pasado.

En efecto, eso quería Julio, que nada hubiera pasado. Sentía un cosquilleo en el estómago, ya que nada se podía detener y tampoco se podían prever las consecuencias de esas acciones. Asimismo, el estar en un país que no era el suyo lo hacía más vulnerable y esto le causaba un sentimiento de impotencia que no sabía describir.

Capítulo 3

2 de enero: El informe

En la mañana del 2 de enero de 1996, el ambiente era tenso en el salón Zarape. Los miembros del comité esperaban al presidente para comenzar la reunión a la que habían sido convocados para conocer los detalles del plan que Julio expondría. Entretanto, trataban de relajarse platicando sobre asuntos sin mayor importancia.

—Les voy a contar un chiste —dijo Javier Marínez, a quien ya conocían por su carácter jovial—. Estaba un matrimonio con problemas económicos serios y determinaron que, por no tener más alternativas, la mujer saldría a la calle a ofrecer su cuerpo. Como ella sabía que no iba a ser fácil, le pidió al marido que la acompañara para que la ayudara. De modo que salieron la primera noche y, estando ella parada junto a un poste, se acercó el primer cliente en su coche y le pregunta: «¿Cuánto?».

»La mujer voltea a ver al marido y le pregunta con la mirada. «Dile que quinientos», responde el marido. «Quinientos», dice la mujer al cliente. «Caray, solo traigo cien», dice el hombre. Voltea de nuevo la mujer a ver al marido y este le dice: «Dile que por cien solo sexo oral». «Por cien solo sexo oral», le dice la mujer al hombre, y este dice: «¡Va!». Se sube la mujer al coche, ve que el hombre se baja los pantalones y al verlo la mujer se espanta de lo bien dotado que estaba. Saca la cabeza por la ventana del coche y le grita a su marido: «¡Oye, no seas malo y préstale los otros cuatrocientos!».

Estallan todos en carcajadas, haciendo la parodia del chiste que acaban de oír. En ese instante aparece el presidente, saludando de mano a cada uno de los presentes.

—Me tienen que contar el chiste —comentó.

Al llegar frente a Julio, lo miró a los ojos y se dirigió a él en un tono de voz amigable.

—Buenas noches. Mucho gusto en conocerlo, ya me platicó el señor secretario que usted tiene ya listo un plan de acción, ¿correcto?

—Así es, señor presidente —respondió Julio, un tanto turbado, ya que era la primera vez que cruzaba palabras con él—. Ojalá se pueda llevar a cabo y con esto aliviar un poco la situación tan crítica que en la actualidad estamos viviendo.

Tras este corto diálogo, tomaron asiento todos los asistentes y se dispusieron a escuchar el plan de Julio.

—Buenas noches, caballeros —comenzó el secretario de Hacienda, con la seriedad que le demandaba la ocasión—. Ya conocen el motivo de esta reunión, sobre todo el interés que tenemos de encontrar una solución a nuestros problemas actuales. Antes que nada, me permito presentarles formalmente al ingeniero Julio César Beranza, la persona que nos está apoyando en esta tan importante tarea que estamos emprendiendo y quien, como les comenté antes, nos presentará el plan que se ha propuesto para tal efecto. Desde el punto de vista personal les comento que ya lo conozco y le veo muchas posibilidades de éxito, a pesar de que les parezca complicado. Cedo la palabra a Julio Beranza.

—De nuevo buenas noches, señor presidente y señores secretarios de Estado —comenzó Julio.

Enseguida solicitó que se le permitiera hablar sin interrupciones, pues, aunque estaba seguro de que surgirían dudas durante la explicación, era preferible responderlas al final. Sabía que tendría que hablar con mucha claridad, pues justo esa era la idea, no dejar ninguna duda acerca del plan.

—Como ya había comentado al secretario de Hacienda, hace un par de meses estuve en Irak, casualmente, elaborando un estudio sobre los mantos petrolíferos de ese país. Esto me llevó a conocer casi por completo sus posibilidades de crecimiento en esa área, situación que, si se analiza de forma global, bien pudiera darnos la oportunidad de medir el impacto que tendría si se pudiera detener u obstaculizar de alguna manera la oferta de petróleo que hace Irak al extranjero; esto determinando de manera exacta quiénes son sus compradores y qué cantidades consumen. De esto último, estoy seguro de que se tiene algo de información. Sin embargo, yo no estoy en posibilidad de acceder a ella, por lo que sería uno de los puntos que les solicitaría se resolviera a la brevedad posible.

»Ahora bien, como ya es conocido, hoy Irak está en una situación de guerra inminente con los países líderes, porque, además de que está produciendo petróleo en cantidades muy altas, se está armando de forma escandalosa y por esto mismo está retando a esos países mediante las vociferaciones de Sadam Husein. Aunado a esto está el descontento de miles de iraquíes sobre la forma en que él está manejando las cosas, lo que genera un clima de incertidumbre que bien vale la pena aprovechar.

»Como dije, nada de esto es noticia para ustedes, pero es necesario el comentario para que se capte mejor el plan que a continuación les comento.

De manera clara y concisa, Julio fue exponiendo punto por punto el plan concebido. Al final aclaró las dudas a cada uno de los asistentes y fue tomando nota de las recomendaciones que le hacían, que en su oportunidad evaluaría. En caso de ser necesario, haría caso a esas recomendaciones y modificaría el plan para con esto tener el plan definitivo.

Lo que no comentó era que él ya tenía contacto con la resistencia en Irak, situación que solo conocían, además de él, el presidente y el ministro de Hacienda. Debido a las circunstancias, había hecho la promesa de no revelar la identidad de los integrantes de la resistencia.

El día 7 de enero, tomó el avión de Aeroméxico que lo transportaría a París, donde haría conexión con American Air Lines para así llegar a Irak, su destino final. Con antelación, se había comunicado con Mohba y, tomando como pretexto el seguimiento al trabajo desarrollado, se citaron para verse en Irak. Ambos sabían que la visita era también para darle información sobre l propuesta que le habían hecho antes, aparte de que Julio iba además con la encomienda de comenzar a llevar a cabo el plan que había acordado con la gente de su gobierno. De modo que no era nada fácil la visita que realizaría, debido a que en verdad no había razón para que regresara por el informe presentado, lo que podría levantar alguna sospecha.

Llegó a Irak el día 8 de enero y fue recibido por Mohba en el aeropuerto. Se abrazaron con mucho gusto y, después de la plática trivial de dos amigos que se encuentran, se fueron a comer al restaurante del Hotel Paraíso Irak, donde se había hospedado Julio, por lo que ya sabía cómo moverse de ese lugar hacia otros lados.

—Cambiando de tema —propuso Julio—, ¿ya no hubo comentarios?, ¿solicitaron aclaraciones al informe?

Había soltado esas preguntas para comenzar a calentar la conversación, no sin antes ver a los lados y analizar con rapidez a las pocas personas que estaban en las otras mesas. En ese instante se dio cuenta de que en realidad no era su fuerte deducir si alguna de esas personas los estuviera vigilando no solo a ellos, sino al resto de la gente, debido a que Sadam, como todo dictador, desconfiaba de todo y de todos y había dispuesto que la Dirección de Seguridad General asignara a un grupo de agentes que vigilaran a la población por si había algún tipo de insurrección.

—No, en realidad todavía está en el escritorio de Sadam —respondió Mohba—, ya que con la incertidumbre de la guerra en puertas está prestándole mayor atención a los asuntos militares. Desde luego el informe ya lo comenté con el ministro del petróleo, quien tomó nota de todas tus recomendaciones y a partir de ese momento asignó especialistas para que elaboren una propuesta bajo los términos que solo ellos conocen. Creo que por la situación nacional que ya te comenté Sadam aún no la ha revisado.

—Lástima —respondió Julio, haciendo un gesto con la boca—, me hubiera gustado conocer de primera mano los comentarios sobre el reporte, del que, punto y aparte, ya me imagino la reacción que tendrán al conocerlo.

Como colofón al comentario que Julio había vertido, Mohba hizo una mueca de desagrado y decepción, imitando el gesto que probablemente harían los interesados en el informe. La sonora carcajada que soltaron al unísono entre risas sirvió para desestresarlos un poco.

—Mohba, ¿cómo es que sigues soltero? —preguntó Julio—; es decir, creo que a la fecha no me has comentado ni yo he tenido la delicadeza de preguntarte por tu familia.

—¿Mi familia? Sí, es gracioso, yo tampoco sé nada más de ti —comentó Mohba con un dejo de tristeza.

Julio comprendió entonces que en realidad la amistad que sentía por Mohba no había sido suficientemente consolidada, ya que el hecho de que ambos desconocieran una parte de sus vidas los hacía todavía un poco ajenos, distantes aún de lo que en verdad era la amistad.

—Tienes razón —respondió Julio, mostrándose interesado en el tema y ya más desenfadado para contarle sobre su vida—. Quisiera ser el primero en platicarte más sobre mí.

En pocas palabras, le contó que por estar tan dedicado al trabajo su matrimonio había fracasado y que, por fortuna, no habían tenido hijos; por eso felizmente ahora era el dueño de su tiempo. No obstante, no dejaba de extrañar la vida familiar que pudo haber tenido.

—Desde luego —continuó Julio—, no sé si esta es la felicidad completa o solo disfruto el lado que conozco. Sin embargo, no me arrepiento de haberme separado, pues estoy seguro de que si hubiera seguido viviendo con mi exmujer hoy sería un manojo de mañas y nervios. En fin, nuestro matrimonio estaba destinado al fracaso.

Había hablado moviendo hacia abajo el puño cerrado y con el dedo pulgar separado, imitando la señal de la época de los romanos con la que se creía se sellaban la suerte de los gladiadores en la arena. Aceptó que su exesposa era una mujer en toda la extensión de la palabra, solo que él no había sido lo bastante maduro como para llevar la vida de casado. Eso lo hacía estar alejado de su casa hasta que acordaron la separación de mutuo acuerdo.

Mientras le platicaba esto a Mohba, recordaba la cara de ella y se maldecía por no haber hecho un esfuerzo mayor para seguir esa relación. En fin, lo hecho hecho está y no había más que mirar hacia adelante en lo que siguiera. Decidió que en cuanto tuviera otra oportunidad no la dejaría ir.

—Vaya, sí que la tuviste difícil —señaló Mohba, tras una larga exhalación.

—Mi problema se parece un poco al tuyo, en cuanto a que por el trabajo no se pudo lograr un hogar. Verás, al entrar a prestar el servicio profesional a mi gobierno, una de las condiciones era que por lo menos en los primeros cinco años de servicio debería mantenerme soltero y sobre todo sin tener hijos. Esto porque, según vayas ocupando plazas más altas, las responsabilidades y el sueldo son mayores; razón por la cual el gobierno pide a cambio que le dediques todo el tiempo que tengas disponible. De alguna manera, con esto vas recompensando el dinero ganado y los conocimientos y la experiencia que vas teniendo.

»Me preguntarás: «¿Qué has hecho después de tantos años?». Ahí es donde viene lo triste de la historia. Al pasar el tiempo, te vas acostumbrando a un tipo de vida y cuando tienes la oportunidad de casarte te das cuenta de que ninguna mujer llena tus expectativas porque cada vez vas exigiendo más y más atributos, creyendo que son menos las mujeres que los llenan.

—¿Me dices que no hay ninguna mujer que llene tus exigencias? —preguntó Julio, indicándole con las manos las mujeres que presentes en el restaurante.

—Más o menos por ahí va la cosa —respondió Mohba—. La gente piensa que soy misógino, pero no es cierto. De hecho, las mujeres son la cosa más maravillosa que existe en el universo.

—Después de los dólares —bromeó Julio.

De nuevo estallaron en risa, lo que hizo que la gente volteara a verlos.

—He conocido a muchas mujeres —continuó Mohba— y a decir verdad he pasado momentos maravillosos con ellas; es más, con un par he vivido por lo menos tres meses. Sin embargo, el problema siempre he sido yo, porque no me puedo acostumbrar a la rutina del marido y la mujer. Como tú dices, no sé si solo disfruto el lado que conozco. Tal vez me gustaría tomar un día la decisión en serio, si seguir casado o tener que separarme.

Por algo habían congeniado desde que se conocieron; sin saberlo, tenían afinidad en sus vidas privadas.

Siguieron comiendo y platicando de asuntos sin relevancia y al terminar salieron del hotel. Decidieron que tomarían un helado y que caminarían para ayudar a la digestión, pero lo que Julio buscaba era la ocasión propicia para plantearle a Mohba su petición.

—Oye, Mohba —le dijo por fin Julio—, la verdad es que me quedé intranquilo con lo sucedido la vez anterior que estuve aquí y, para serte sincero, por circunstancias que desde luego son caprichos del destino la situación que se está manejando con las personas que me presentaste bien pudiéramos acoplarla a la problemática que tengo ahora mismo en mi país.

—No entiendo —le dijo Mohba, mirándolo fijo a los ojos.

—En la actualidad —comenzó a explicarle—, estoy en proceso de llevar a cabo un plan que solucionaría si no de forma definitiva, al menos sí sustantiva, los problemas que está enfrentando el gobierno de mi país. Es decir, soy la persona que mi gobierno eligió para efectuar un plan que ya se propuso y que puede conectarse con el que están desarrollando en tu país.

—Sigo sin entender —volvió a señalar Mohba.

—Mira, hoy por hoy —le habló a Mohba parándose frente a él e impidiéndole continuar caminando— mi país se está debatiendo en un gigantesco problema económico. Las razones ni yo mismo las entiendo, aunque sí me las explicaron, pues el ministro de Hacienda es un gran amigo mío y se me acercó para solicitar mi ayuda, sin saber que en efecto yo estaba en posibilidades de ayudarlos.

»¿De qué manera? Se me ocurrió que el plan debía seguirlo junto con el del grupo con el que te aliaste y al cual les prometí mi ayuda. Por supuesto que lo que te estoy comentando es confidencial y, al igual que tu grupo, de este plan solo tenemos conocimiento seis personas. Es justo informarte que de esas personas, no todas conocen la existencia de tu grupo, pues en concreto solo lo saben el presiente y el ministro de Hacienda, quien, como ya te comenté, es muy amigo mío y considero que para futuras acciones de tu grupo nos será de mucha utilidad. De más está decir que, como tú debes suponer, en caso de que se filtrara alguna información o que se descubriera el plan, mi gobierno estaría en posición de negar todo.

Mohba se quedó pensativo durante un largo rato y, entendiendo ese silencio, Julio lo dejó tomarse todo el tiempo que requiriera, pues sabía que lo que le acababa de comentar no era en rigor lo que le hubiera gustado escuchar.

—Bueno, me inquieta esto que me comentas —respondió Mohba, con gesto de preocupación— en el sentido de que desde luego si tu pides ayuda no creo que estemos en posibilidad de negarla; sin embargo, lo que comentas de tu gobierno nos deja en una débil posición, ya que si se descubre su plan, nuestra organización también quedaría en peligro, lo que haría prácticamente imposible prestarle ayuda.

—Claro, te entiendo —repuso Julio, tratando de tranquilizar a Mohba—, solo que con el plan que les voy a proponer tenemos muchas posibilidades de que en ningún momento se liguen ambas fuerzas. Por eso es imprescindible que los vea a todos para explicarles el plan.

—Correcto, trataré de reunirlos esta noche y será como la vez pasada —propuso Mohba—, primero paso por ti para ir a cenar y luego nos reunimos con ellos. Se despidieron.

Ya en su habitación, Julio pensaba en cuál sería la mejor manera de plantearles el plan para obtener su aprobación. Sabía que existiría temor ante la propuesta, pero creía que si lo planteaba en su forma y momento justos, lograría el apoyo que buscaba.

Mientras llegaba la hora de que Mohba pasara por él, quiso tomar un baño y poner algo de música. Sacó su discman y puso un CD de los Rolling Stones para escuchar *Mixed Emotions*, *As Tears go by*, *Emotional Rescue*, entre otras. El calor estaba más fuerte de lo que en anteriores ocasiones había sentido, por lo que prolongó su ducha tratando de refrescarse.

Llegaron a la misma casa de la reunión anterior y cuando entraron vieron sentados en la sala, tomando una copa, al doctor Assim, el mayor Roff y la ingeniera Fyara. Se acercó a ellos y sintió que, además de bien correspondido, su saludo era bien recibido, a juzgar por el mutuo aprecio que le dio a entender el apretón de manos de cada uno de ellos.

—Señores, les agradezco que hayan hecho un espacio en sus agendas —dijo Julio sin preámbulo—, sobre todo ante una invitación tan apresurada. Como tal vez ya les comentó mi buen amigo Mohba, traigo una petición de parte de mi gobierno.

Mientras hablaba, él observaba el rostro de los presentes, esperando entender sus gestos, y ellos, al escucharlo, se voltearon extrañados. Sobre todo, miraron a Assim, quien continuó impasible ante el comentario.

—Como ustedes saben —continuó Julio—, hace poco tiempo el gobierno de mi país cambió de presidente y, por razones de una planeación económica errónea, de una mala administración, en fin, por una serie de situaciones que ahora no podríamos analizar, nuestra economía sufrió un duro golpe. Por tal motivo, estamos pasando por una recesión muy fuerte y lo más preocupante es que lo grave está por venir, pues se contempla una cantidad de acciones que, por principio de cuentas, dejará a miles de personas sin empleo y mi gobierno no podrá hacer frente a las demandas que le hará el pueblo. Esto solo por poner un ejemplo, además de la devaluación que ya sufrimos y la pérdida de poder adquisitivo de nuestra moneda.

»En definitiva, toda una serie de situaciones que, si no se toman medidas correctivas y preventivas, llevarán a mi país a un caos que pudiera resultar en una lucha interna armada; situación que desde luego no se desea. Por esta razón, como una parte importante de estas medidas, se ha contemplado el petróleo, ya que como país productor dependemos en gran medida de este hidrocarburo. Esto implica que si los precios siguen bajando como en la actualidad, la recuperación de nuestra economía será más lenta y a más largo plazo; condiciones que no podemos soportar porque justo lo que no tenemos es tiempo. Es aquí donde podemos conjuntar esfuerzos para hacer avanzar los planes de ambos lados.

—Ingeniero Beranza, en verdad su país tiene una situación muy difícil —dijo Assim, con un tono de preocupación—. Me atrevería a decir que bajo diferentes causas, pero con resultados muy parecidos a la oportunidad en que nos encontramos nosotros. Sin embargo, me inquieta y no me ha quedado claro hasta dónde su gobierno tiene conocimiento de nuestras actividades, ya que para que usted les pudiera plantear alguna solución, y el hecho de que esté aquí, implica que necesariamente les tuvo que comentar de nosotros.

De manera instintiva, el mayor Roff puso la mano en la pistola que llevaba en la cintura, pues era evidente que le intranquilizaba que alguien tuviera conocimiento de ellos. Miró al doctor

Assim a los ojos y recibió la instrucción de no hacer nada hasta que no se le ordenara; no obstante, dejó abierto el broche de su funda y la mano derecha muy pegada a su cintura.

—Doctor Assim, entiendo su intranquilidad —dijo Julio, consciente de la zozobra que había despertado—, pero permítanme explicarles que aunque rompí la promesa de no divulgar su existencia, solo lo saben dos personas de mi país además de mí, el presidente y el ministro de Hacienda.

»Ahora bien, se preguntarán con justa razón por qué tomé la decisión de comentarlo; pues porque para poder llevar a cabo nuestro plan era necesario que por lo menos estas dos personas lo conocieran. Como podrán darse cuenta, no se trata solo de personas, se trata de dos personajes de mi país que por su misma investidura no se les hará tan fácil decir que están enterados de su existencia sin correr un riesgo mayor o igual al que ustedes están corriendo ahora. De alguna manera, con esto equilibro los riesgos de ambas partes.

»Por supuesto, no es el escenario ideal; además, déjenme decirles que la única liga con los dos intereses soy yo y estoy corriendo y aceptando el riesgo. Así que estoy a su disposición para lo que decidan. Por lo demás, mi gobierno no me reconoce de forma oficial como un enviado, lo que les facilita aún más las cosas.

Julio terminó de hablar un poco agitado, ya que de verdad deseaba que sus palabras fueran convincentes y por eso fue enfatizándolas todas con el acento de la confianza.

Se hizo un silencio de expectativa mientras Assim sopesaba las palabras que acababa de escuchar. Roff, nervioso, no despegaba la mano de su cintura. Julio se había jugado la carta definitiva, puso su vida a merced de ellos esperando dos cosas: la ayuda o la muerte.

—Muy bien, yo creo que vale la pena correr el riesgo —respondió Assim—, ya que de alguna manera el hecho de tener un contacto muy fuerte con un gobierno que en la actualidad está representando un liderazgo nos hace contar con esta alternativa de solución en caso de que las cosas no se dieran como las planeamos.

Todos se quedaron callados, interpretando cada cual a su manera las palabras de Assim, quien en realidad acababa de decir que si por alguna causa su movimiento se viera descubierto o tuviera algún fracaso, México sería la opción ideal para refugiarse fuera de su país.

Julio respiró profundo y se tranquilizó al ver que el mayor Roff retiraba su mano de la cintura y se relajaba en un sillón. Continuaron platicando, dándole forma al plan que seguirían y asignándoles nuevas responsabilidades a cada uno. Se despidieron y acordaron que Julio y Mohba serían los contactos y los encargados de irle dando seguimiento al plan, al cual llamaron *Águila del desierto*.

Apenas Julio llegó al hotel, se comunicó a Ciudad de México con Javier Marínez, ministro de Hacienda. Entre líneas, cuidando mucho de no hablar de más, le informó sobre la aceptación del plan y quedaron de verse allí en cuanto él regresara.

Capítulo 4

10 de enero: Don y Zira

Don Zeick, corresponsal en Irak del *Washington Post*, era el clásico periodista que investigaba, y a veces hasta se propasaba para conseguir la noticia. Había hecho una amistad muy fuerte con Amanda Zira, la secretaria personal de Sadam Huseín. Sabía que algún día esa amistad le traería alguna recompensa, además de darle la compañía de una amiga que necesitaba en ese país. Estaba esperándola, pues ella lo había llamado con premura, y hasta un tanto nerviosa, pidiéndole que se vieran en el café Huyro, donde solían reunirse a platicar.

Al verla llegar, se levantó y le acomodó la silla para que tomara asiento.

—Hola, Zira —saludó él, tomándola del brazo e invitándola a sentarse—, de veras me preocupaste con tu llamada, ¿qué pasa?

—Perdóname por haberte llamado de esa forma tan apresurada —repuso Zira, después de tomar asiento, respirando profundo para recobrar el aliento que casi pierde al caminar tan rápido—, pero ha sucedido una eventualidad que no me permite seguir en esta situación tan pasiva. Confío en tu discreción inicial y desde luego espero que me ayudes hasta las últimas consecuencias.

—Zira, no me tienes que decir lo que de hecho sabes —dijo Don un poco ansioso por saber lo que ella tenía que confesarle—. Me pregunto qué habrá sucedido para que te pongas en este estado.

—Escucha, Don —empezó a explicarle—, como sabes, soy una mujer sola que poco he necesitado de alguien en mi vida y, por lo mismo, acabo de tomar una decisión que las circunstancias me han facilitado. Ahora bien, te pregunto, ¿conoces a alguien de la embajada de tu país?

—Claro, como norteamericano tengo la necesidad y el deber de estar en contacto con los funcionarios de la embajada en cualquier país donde me encuentre y aquí no es la excepción. En concreto, ¿me estás pidiendo lo que me estoy imaginando?

—Sí —respondió Zira, bajando un poco la mirada como con un dejo de culpa, que sin embargo no le impidió continuar—. Y necesito que sea esta misma noche.

—Perfecto, ven conmigo y allá platicamos.

A continuación, Zeick buscó al mesero que los atendía y en cuanto estuvo con él le solicitó con urgencia que le trajera la cuenta. Mientras se la traían, pensó en decirle varias cosas a Zira, pero la vio callada y con la mirada fija en un punto cualquiera del café. Comprendió que lo mejor era dejarla cavilar y que ya tendría oportunidad de platicar con ella para satisfacer su curiosidad por lo que estaba sucediendo.

Pagó la cuenta y salieron del café. Como Don no quería correr ningún riesgo, decidió caminar unas cuadras y en el parque ubicado más adelante tratar de escabullirse de los agentes que, sin dudas, seguían a Zira. Esperaba que ellos entendieran que se estaban ocultando para pasar la noche solos. Tomaron un taxi y pidió que los llevara a la embajada de los Estados Unidos; se bajarían dos calles antes para entrar caminando y eludir a la guardia de la agencia iraquí, que invariablemente estaba frente a la embajada.

Durante el trayecto platicaron poco, mientras Don pensaba en la forma de llevar a buen fin la aventura que había iniciado. Por su lado, Zira estaba nerviosa, sabía que su vida corría inminente peligro y temía no salir bien de la situación. y que ocurriera lo peor. La voz del chofer los sacó de sus pensamientos y Don pagó el servicio.

—Muy bien, vamos a caminar —le dijo Don en cuanto bajaron del taxi.

Miró hacia arriba, se percató de que la luna estaba en cuarto menguante y sopesó la cantidad de luz que aportaría a la calle, además de los faroles encendidos.

—Nada más que antes de doblar la esquina para entrar a la embajada vas a tener que soltarte el pelo para que vayamos abrazados y así no despertar sospechas a la gente de la agencia, que aunque nos vean no nos puedan identificar.

Al llegar a la esquina, se abrazaron y caminaron a paso normal y muy seguros, como si fuera una rutina de todos los días. En la puerta de la embajada el guardia los detuvo y les preguntó qué se les ofrecía. Don pidió hablar con el coronel Arnold Swiger, agregado militar de la embajada, con quien tenía una amistad especial, pues durante su desempeño como corresponsal en varios países había coincidido en algunos con Swiger, creándose entre ellos una especial amistad. Don siempre había sospechado que el coronel era un agente activo importante de la CIA, aunque nunca lo había corroborado porque al principio no se dio la oportunidad y después por la amistad, ya que entre ambos nunca se habían cuestionado sus actividades.

Mientras el guardia hacía la llamada para solicitar el permiso, al otro lado de la calle, desde la ventana de un departamento, la guardia de la agencia iraquí observaba hasta donde se lo permitían las altas bardas que rodeaban la embajada. Tomaban nota de cada persona que entraba o salía y controlaban de manera detallada los autos de la embajada. Si llegaba alguno que no estuviera entre los conocidos, anotaban con prontitud las placas y solicitaban la investigación. En cuanto a las personas, lo más que podían hacer era tratar de reconocerlas y si desconfiaban de alguna esperaban a que saliera para detenerla e interrogarla sobre las razones de su estadía en la embajada.

Tomaron nota de la pareja que se acercó a esas horas a la puerta de la embajada y trataron de reconocerlos, pero la luz no los ayudaba. Sin embargo, no perdieron detalle de sus movimientos; sobre todo se les hizo sospechoso el hecho de que se tardaran en darles acceso, pues ya estarían adentro si se tratara de personas con acceso regular a la sede. Infirieron que al no permitirles aún la entrada, entonces estaban solicitando algo con razones que todavía no convencían a los guardias.

Con rapidez, el oficial encargado de la guardia iraquí pidió a dos subalternos que salieran, se acercaran a la pareja y que los interrogaran. En primer lugar, que les solicitaran sus identificaciones y luego averiguaran qué hacían parados ahí. De inmediato, salieron los agentes empuñando sus revólveres 38 *special* y se acercaron a la pareja. A unos cinco metros de distancia, hablaron en voz alta para que los escucharan.

—Ustedes —dijo en iraquí el primer subalterno, dirigiéndose a Don y a Zira.

Don sabía que si llegaban ante ellos tendrían problemas, así que volteó a ver al guardia de la puerta y con la mirada lo apresuró para que autorizara la entrada. Cuando el guardia vio que los iraquíes se acercaban con sus armas en la mano, dejó pasar a Don y a Zira a la caseta, corriendo el riesgo de dejar pasar también a los agentes.

El guardia reconoció a Don, ya que varias veces lo había visto ingresar a la embajada. Los agentes llegaron hasta la puerta justo cuando Don cubría con su saco la cabeza de Zira y solicitaron al guardia que dejara salir a la pareja para hacerles unas preguntas.

—¿A qué personas se refieren? —les preguntó el guardia con cortesía, mirando alrededor mientras hablaba—, yo no veo aquí a nadie.

Sin éxito en la misión, los subalternos regresaron a la base y reportaron lo sucedido a su superior, elaboraron un reporte de lo acontecido y lo guardaron en el *file* de reportes, el cual sería entregado a la agencia al día siguiente para su análisis. No le dieron mayor importancia, pues otras veces había ocurrido la misma situación, solicitaban que dejaran salir a la persona y el guardia de turno les respondía igual. Sabían que muchos se acercaban a la embajada a solicitar asilo, pero no les era concedido a todos, por lo que esperaban con paciencia a que salieran.

—Hola, Don, ¿cómo estás? —preguntó el coronel Swiger, un tipo alto, fornido, pelo castaño corto, que de ninguna manera ocultaba su origen—. A juzgar por la hora, asumo que el asunto que te trae ha de ser muy importante.

—Hola, coronel, le presento a la señorita Amanda Zira, es la secretaria personal de Sadam —comentó, sosteniendo del brazo a la mujer.

Don la sintió relajada, segura, quizá por estar dentro de la embajada, pero Swiger no denotó ninguna reacción en su rostro.

El coronel tendió la mano a Zira y lo recorrió un escalofrío. El hecho de que una persona tan cercana a Sadam estuviera dentro de las instalaciones de la embajada, y de manera extraoficial, indicaba que algo no andaba bien y que si no actuaba con celeridad podrían tener un grave problema. Sin embargo, fiel a su formación militar y a su experiencia en situaciones de apremio, no mostró ninguna señal que pudiera reflejar su preocupación.

—Es un placer conocer a una persona tan distinguida —dijo Swiger al tomarle la mano, que sintió un poco húmeda.

«Debe de estar nerviosa», pensó. No obstante, viendo el rostro de Zira, concluyó en que el nerviosismo no era tan palpable como él hubiera esperado.

—Gracias, coronel —respondió Zira de cortés manera—. Le suplico que dejemos a un lado todo protocolo y que hablemos del asunto que me trae.

Swiger se sorprendió por la reacción de Zira y volteó a ver a Don, inquiriéndolo con la mirada.

—Si me permiten —habló Don—, antes de que continuemos con el tema, quisiera dejar en claro el papel que estamos jugando en todo esto. Primero, la señorita Zira es una persona que merece todo mi respeto y admiración, por lo que exijo como ciudadano norteamericano, y como ser humano, que esta embajada tome el asunto en sus manos y garantice su integridad personal. Segundo, soy una persona que busco la nota y ante todo está mi labor periodística, así que si alguna información importante se genera de esta reunión quiero que quede constancia que yo voy a tener la exclusiva, es solo para asegurar que no se sepa nada de lo que no se tenga que enterar la gente, así como para garantizar que el asunto se haga público una vez resuelto.

—Desde luego —asintió Swiger—, de ningún modo estoy en desacuerdo con tus comentarios, solo que antes que nada está la seguridad de mi país y si en ninguno de los dos casos se ve en peligro, cuenten con que pondremos todo lo que está de nuestra parte para cumplirlos.

Don volteó a ver a Zira y la invitó a tomar la palabra.

—Verán, yo he sido durante veinte años la secretaria particular de Sadam. Como muchas relaciones, se empieza con ilusión y admiración a la otra persona, solo que el diario convivir con ella hace que uno aprenda a conocerla y tanto se la llega a conocer que esa admiración e ilusión crecen o se acaban; esa segunda opción es mi caso. Me he dado cuenta de que Sadam es una persona como cualquiera de nosotros, lleno de defectos y muy pocas virtudes. Ahí estuvo la primera desilusión, no es el ser único que yo había idolatrado y tal vez por eso es mayor mi decepción.

»En verdad, tengo mis dudas de que las decisiones que toma en la actualidad sean lo mejor para mi país. La gente está obnubilada ante el patrioterismo que vocifera Sadam y no se dan cuenta de que todo esto no nos va a llevar a nada bueno. Lo que les voy a contar a continuación es, como dicen ustedes, la gota que derramó el vaso. El día de hoy Sadam convocó a una reunión y dijo: «Y bien, a quién vamos a responsabilizar de que a esta información que estoy recibiendo no se le haya dado la importancia debida y, sobre todo, que me haya llegado con tantos días de retraso».

»Voltearon a verse unos a otros en la mesa de juntas del palacio real, donde estaban reunidos los ministros de Guerra, Asuntos Exteriores, Economía y Petróleo y, como siempre, tomando notas la señorita Zira. El señor Abadeo Jass, ministro de Economía y Petróleo, tomó la palabra: «Su alteza, en efecto este reporte me fue entregado hace algunos días, pero se llevó tiempo interpretarlo, ya que esperábamos que este estudio confirmara nuestras expectativas de reservas. Sin embargo, el estudio nos indica que las reservas que tenemos son solo el 15 % de lo que nosotros pensábamos. Como usted seguro habría instruido, decidimos reconfirmar esta información, por lo que se hicieron nuevos estudios con el resultado de una variación de 2 % con respecto a la primera información. Esto confirma que, a este ritmo de producción, nuestras reservas petrolíferas alcanzan solo para unos 10 años más».

»Sadam se quedó callado mientras la ira se iba apoderando de él, se le agrió el semblante, dio un golpe en la mesa, alzó la voz y dijo iracundo: «Este asunto no lo voy a tolerar, ¿saben lo que eso significa? Vamos a tener que disminuir nuestra producción, nuestras ventas al exterior se caerán y, en consecuencia, nuestros ingresos disminuirán. Ya no podremos seguir comprando armamento para nuestra defensa».

»Miró hacia arriba y poco a poco bajó la mirada hasta posarla en los ojos de cada uno de los ministros. Tenía perfectamente estudiados esos movimientos y sabía el efecto que tendrían en esas personas. «Necesitamos tomar una decisión ahora para contrarrestar de inmediato las consecuencias de esta situación. Lo que he estado pensando, lo he externado otras veces con cada uno de ustedes y así he podido conformar una idea que será la solución a nuestro problema».

»Todos sabían que esa idea era invadir Kuwait. A continuación, les dijo: «Les pido a cada uno de ustedes que me hagan llegar a la brevedad su plan de emergencia para situaciones de guerra, pues no esperaré más de tres días para tomar acciones».

»Los ministros se quedaron pensando tal vez en la aventura que estaban a punto de emprender, pero la voz de Sadam los sacó de sus pensamientos. «Y a todo esto, ¿por qué, si ya hace varios días que se entregó el informe, no se ha tenido ninguna reacción en otro país?».

»Ante esta pregunta, el ministro Abadeo Jass le contestó: «Su alteza, a la persona que realizó el estudio se le investigó antes de encargarle el trabajo y se pudo constatar su discreción, por lo que sabemos y estamos seguros de que no filtró información alguna sobre el resultado».

»Esta explicación —continuó contándoles Zira— no convenció a Sadam, pero de alguna manera lo tranquilizó saber que por lo pronto la información estaba a buen resguardo. Luego me dijo que él necesitaba que yo comenzara a organizar acciones con respecto al plan de guerra que había comentado. Me ordenó que coordinara a los ministros para una reunión de emergencia al día siguiente y que estos le presentaran avances de sus acciones.

»Además, debía darles estas indicaciones por escrito y que a partir de ese momento quedaban suspendidos todos los privilegios. Declaró sesión permanente, por lo que debían estar localizables incluso si estaban en el baño. Yo tomé nota de sus instrucciones y salí de la sala de juntas con la idea clara de lo que iba a hacer, que, como ya se han dado cuenta, fue esto que sucedió el día de hoy. No estoy de acuerdo en lo absoluto con los planes de Sadam, por eso pido asilo político, pues, como comprenderán, con esta información que les acabo de proporcionar a partir de ahora mi vida vale menos que cero.

El coronel Swiger y Don escucharon con mucho cuidado cada una de las palabras que Zira les había dicho y quedaron preocupados por la situación que se avecinaba.

—Bueno, lo que la señorita Zira nos acaba de decir —dijo Swiger—, en realidad es una bomba y como tal debo tratarla. Don, te pido que antes de que hagas cualquier movimiento con tus medios de comunicación, me permitas tomar acción con mis superiores y te garantizo que este asunto lo dejamos resuelto en menos de una hora.

Se levantó, salió de la habitación en donde estaban reunidos y fue hacia otra para establecer contacto. Mientras, Don siguió platicando con Zira.

—Entiendo tu preocupación y créeme que venimos con la persona adecuada —le dijo Don, tratando de calmarla.

—Te creo, Don, pero por favor piensa una cosa, el día de mañana no me voy a presentar al palacio, van a enviar a buscarme y, al no encontrarme, de inmediato se lo comunicarán a Sadam. Entonces él sabrá que lo abandoné y dará instrucciones precisas para que me aniquilen, ya que estuve presente en la reunión.

—Es cierto, Zira —asintió Don, con un tono que hacía notar la preocupación que lo embargaba—, debemos sacarte esta noche de Irak a como dé lugar.

En otra habitación, Swiger platicaba con el general Armar Howin, secretario de Defensa, no sin antes haber solicitado una línea segura y pedir al operador que lo dejara solo.

—Así es, general Howin, es la secretaria particular de Sadam. Lo que le acabo de comentar es lo que ella nos dijo, así que solicito sus instrucciones; aparte de que tenemos que sacarla del país esta noche, pues, como se podrá dar cuenta, el día de mañana notarán su ausencia y no creo que piensen que se quedó en su casa rezando. Sobre todo porque los soldados iraquíes apostados frente a la embajada notaron que había entrado una persona y se acercaron, como siempre, para identificarla. Aunque no lo lograron, estoy convencido de que ya están trabajando en ello, por lo que todavía tenemos tiempo para sacarla del país.

—Muy bien, coronel —respondió el general Howin del otro lado de la línea—, giraré instrucciones precisas para que se lleve a cabo la operación de rescate esta misma noche. En este instante estoy convocando al comité a una reunión urgente y le avisaré los resultados. En cuanto al periodista, dígale que en efecto la exclusiva es de él, pero por razones de seguridad nacional deberá esperar hasta tener nuestras instrucciones.

Tras colgar, el coronel fue a donde se encontraban Zira y Don para comentarles sobre la plática que acababa de sostener con el secretario de Defensa.

Al cabo de un rato, mientras le teñían el cabello de un color claro y la maquillaban para que no pudiera ser reconocida con facilidad, Zira se preguntaba si los demás hombres o mujeres con títulos de nobleza tendrían la misma forma de ser del Sadam que ella conocía. Por un instante sintió escalofrío de pensar que tanta gente sufriera bajo el yugo de quienes creen y sienten que todo lo que ellos dicen y hacen es la verdad absoluta y, por la misma razón, se vuelven omnipotentes y no permiten que los contradigan.

Concluyó que en verdad la culpa no la tienen este tipo de personas, sino quienes giran alrededor de ellos, pues son los que les dan mayor importancia, aun tratándose de cosas triviales y vanas. En cierto modo, sintió compasión por Sadam y la invadió un leve sentimiento de culpabilidad; así que de nuevo se convenció de que lo que estaba haciendo era lo correcto y que se lo debía a tanta gente que había visto sufrir y morir bajo el yugo del reino.

Alrededor de las dos y treinta de la madrugada del 11 de enero, salieron el coronel Swiger, Zira y Don en un vehículo de la embajada. Dieron algunas vueltas para asegurarse de que no los seguía nadie y entendieron la ventaja de hacer los movimientos a esa hora, ya que les facilitaba las cosas. Llegaron a un estacionamiento público, cambiaron de vehículo y se dirigieron hacia el desierto, en específico al lugar donde Zira sería recogida.

—De acuerdo —empezó Swiger—, vamos a repasar nuevamente el plan. Primero, debemos cruzar los puestos de revisión, ya que el punto de reunión será en el desierto. Segundo, es necesario que Don se vaya también en el helicóptero, pues su seguridad no se puede garantizar, sobre todo por el hecho de que ellos ya saben tu contacto con ella y además los vieron juntos esta noche. Y tercero, Zira, tendrás que hacer una declaración oficial ante las autoridades norteamericanas y ahí mismo solicitar asilo para que cuanto antes seas considerada perseguida política. Por la importancia que representa la información que nos proporcionarás, se te incorporará al plan de protección de testigos, así que no tendrás nada que temer porque te cambiarán la identidad. Será muy difícil que las autoridades de Irak te puedan ubicar.

—Correcto, solo quisiera hacerte un planteamiento —repuso Don—. Zira está consciente de que hará una declaración ante las autoridades de nuestro país y también conoce el riesgo que corre al hacerla, es por eso que nos está pidiendo ayuda; solo que hay algo que me inquieta y es el hecho de qué tanto esperan que Zira les comparta que ya ustedes no sepan. Es decir, quizá Zira tuvo acceso a informes militares secretos y de otras diversas áreas, o tal vez no; pero si ella no aporta tanto como podrían esperar ¿qué va a pasar?

—No te preocupes —contestó Swiger—. Es cierto lo que me dices y, viendo esa posibilidad, ya lo comenté con el general Howin, concordando en que aunque no nos proporcione tanta información militar como pensamos, el simple hecho de que solicite asilo político y podamos sacarle el mayor provecho a la noticia de las reservas petroleras será un duro golpe para los planes de Sadam, ya que perdería fuerza externa e interna. Eso lo debilitará por un tiempo y es ahí donde nosotros debemos aprovechar para hacer nuestra parte, al margen de que podamos corroborar hechos que de alguna forma hemos detectado o, en el mejor de los casos, han comentado nuestros agentes de campo en la ciudad.

Mientras Zira escuchaba, seguía preguntándose si estaba haciendo lo correcto. Cerró los ojos y evocó imágenes tanto gratas como desagradables de su vida laboral al lado de Sadam. Al cabo de un rato solo pudo recordar imágenes del miedo, temor, humillación y dolor que vivió en ese tiempo, en vista de que él, como mandatario omnipotente, no se medía ante nada y todas las personas tenían la obligación de acatar, callar y soportar. De lo contrario, estaban destinadas a perder la vida.

Llegaron al lugar indicado, rumbo al paralelo 31° 43′ 35.4″ N, 39° 31′ 09.3″ E, en Arabia Saudita, muy cercano a los límites de las fronteras de este país con Irak y Jordania, dirección contraria Kuwait, pasando por retenes militares fuertemente resguardados. En esos puestos ya sabían que estaban ante una guerra inminente y debían tener mucha precaución con los movimientos dentro de sus fronteras que pudieran poner en riesgo las acciones que se avecinaban.

Cuando llegaron al primer retén, un soldado se acercó a Swiger, quien conducía, ya que su participación era clave para que Zira lograra salir del país.

—Buenas noches —dijo el militar, alumbrando la cara del coronel.

—Buenas noches —respondió Swiger.

—¿Hacia dónde se dirigen?

—Vamos a la ciudad de Al Hammad.

—Muéstrenme sus identificaciones —solicitó el militar, a la vez que movía la lámpara para ver las caras de Don y Zira.

Swiger sacó sus credenciales diplomáticas y Don y Zira entregaron las identificaciones que antes les había entregado, las cuales los hacían pasar por dos científicos en viaje de trabajo.

El militar las recibió, revisándolas y comparando las fotos con los rostros de los tres ocupantes del vehículo; mientras, otros cuatros militares habían rodeado el vehículo en posición de alerta ante cualquier situación.

—Está bien, pueden pasar —aprobó el militar, devolviendo los documentos e indicando luego a los demás soldados que levantaran la barrera y permitieran el paso del vehículo.

—Muchas gracias —dijo Swiger, tomando los documentos y arrancando de forma normal para no despertar sospechas.

En cuanto estuvieron retirados, comentaron los hechos. Zira les informó que mientras revisaban los documentos, ella había escuchado la plática de los militares alrededor del vehículo y supo que tenían órdenes directas de tirar a matar en caso de que se sospechara que alguien estaba saliendo de forma indebida y que pudiera llevar información o datos sobre la guerra que se avecinaba. Confirmaron entonces que debían ser muy cuidadosos al actuar en los siguientes retenes, ya que después de todo los militares eran humanos y por muy entrenados que estuvieran estaban en una situación que solo les permitía definir que era su vida o la de la otra persona. Por eso no debían dejar dudas ni actitudes que reflejaran la misión que estaban llevando a cabo.

Pasaron tres retenes más, pero cuando arribaron al cuarto, después de revisar los documentos, al militar se le hizo conocida la cara de Zira. Se le quedó viendo y le preguntó en árabe la hora, ella lo miró sin responderle y el guardia volvió a peguntar pero esta vez en kurdo. Como Zira seguía sin responder, de inmediato Don comprendió lo que pasaba, le preguntó al militar en inglés qué deseaba y le dijo que Zira era sordomuda, que por eso no respondía. El guardia, un poco sorprendido, le pidió a Don en inglés que le preguntara la hora. Imitando el lenguaje de los sordomudos, Don hizo señas a Zira y ella le indicó con los dedos el número seis.

—Son las seis —dijo Don.

—Sí, ya vi —respondió el militar en un tono de molestia, pues se sintió avergonzado.

Les devolvieron los papeles y continuaron su camino, alabando a Zira por la sangre fría de no responder de forma automática la pregunta. Dieron gracias por haber salido con bien de ese retén, sin saber que era el último antes de cruzar la frontera hacia Arabia Saudita.

Por lo demás, todo el camino lo hicieron sin mayores contratiempos, ya que debido a los preparativos que se estaban efectuando y de acuerdo con las órdenes de Sadam, todo el personal militar estaba acuartelado. A la hora indicada, con movimientos calculados y precisos aterrizaron dos helicópteros tipo Hawk, subieron a los pasajeros y se retiraron del lugar volando a baja altura para evitar los radares.

Después que los helicópteros bajaron en el portaviones Kansas, que permanecía en el mar Mediterráneo, los tres estuvieron allí cerca de ocho horas, que aprovecharon para tomar algún alimento y asearse. Zira se encontraba en la cabina que le fue asignada, descansando de su agotamiento físico y mental, ya que todo el camino había estado tensa, sin mostrarlo, desde la salida de la embajada hasta el arribo al portaviones. Sabía que eso no estaba bien, ya que lo que había vivido y lo que en diferentes ocasiones le pasó sirviendo a Sadam la afectaban mucho al no poder soltar la adrenalina en el momento, por lo que cuando ya estaba relajada la invadía un cansancio casi insoportable. Sin embargo, esta vez no estaba en casa, en su ambiente de seguridad y tranquilidad, y estaba consciente que la esperaba todavía una larga jornada para poder relajarse por completo y sentirse segura.

Mientras tanto, luego de ducharse, Don salió a ver al almirante Reynolds, quien lo había citado para una charla. Cuando avanzaba por los pasillos que lo llevarían primero a la cubierta y después al puesto de mando, se preguntaba qué pasaría una vez que Zira estuviera en Estados Unidos y en particular cómo habría de cambiar su carrera de periodista con la noticia que tenía como primicia y de la que además él ya era parte.

—¿Así que estamos ayudando a un personaje? —le preguntó sin rodeos el almirante Reynolds, después de saludarlo.

—Así es —respondió Don—, por azares del destino estamos en el lugar correcto, en la hora correcta y con la persona correcta. Por tanto, para que esto llegue a buen fin lo que sigue depende de sus acciones.

—Muy bien, tengo instrucciones precisas de que lleguen sanos y salvos a París, por lo que nos acercaremos a Chipre para que un helicóptero los lleve a una base militar y de ahí un avión los pueda llevar sanos y salvos a su destino.

Don agradeció, esperando que el almirante le preguntara sobre Zira, pero él comenzó a dar instrucciones para que se moviera el portaviones rumbo a Chipre. Entonces, Don comprendió que ya todo estaba dicho y se alegró de que no hubiera ninguna pregunta sobre ella. Le dio las gracias al almirante por la hospitalidad y apoyo y salió del puesto de mando rumbo a su cabina.

Tocaron a su puerta y se despertó, abrió la puerta y un marino le informó que se debía preparar, pues en unos cuarenta y cinco minutos iban a ser transportados a Chipre, de acuerdo con lo ordenado por el almirante Reynolds. Don agradeció y, al preguntarle si ya le habían avisado a Zira, le respondió que ya le estaban informando.

A la hora fijada, pasó por la cabina de Zira y juntos salieron a la cubierta para abordar el helicóptero que los llevaría a Chipre. Después de una larga siesta y de ingerir alimentos, se veían descansados y optimistas, sus semblantes denotaban un cambio sustancial. En el camino hicieron comentarios sobre el agradable trato y lo bien que se sentían. Ambos sabían que el tema de la plática no aludía a la situación por la que pasaban, pero sin ponerse de acuerdo decidieron disfrutar lo que vivían y no perder aquello que los hacía sentir bien.

Tras un viaje de un par de horas en el helicóptero, llegaron a Chipre, en donde abordaron un avión ejecutivo que los llevó a París. Aterrizaron en la base militar 117 Capitaine Guynemer, en la que ya los esperaba un auto de la embajada americana. De inmediato, salieron de la base escoltados por otros dos autos con cuatro agentes cada uno y tomaron la carretera a la ciudad hacia la embajada de los Estados Unidos. Ya en esas instalaciones, les fueron asignadas habitaciones y, luego de tomar un baño, bajaron a la sala. Allí los esperaban miembros del personal de la embajada encargados de tomar la declaración oficial de Zira.

—Buenas noches. Mi nombre es Amanda Zira Mahouk —empezó ella—, tengo 43 años de edad. Este día, 10 de enero de 1996, de manera oficial solicito asilo político a los Estados Unidos de Norteamérica.

Hablaba con la voz entrecortada por el importante suceso que en su vida estaba acaeciendo, la oportunidad por la que estuvo esperando mucho tiempo: poder estar ante las autoridades norteamericanas solicitando el asilo político. Sin saberlo, en ese instante estaba liberando todo el estrés acumulado en las últimas horas, sabiendo que estaba en un lugar seguro.

—Juro solemnemente que lo que estoy por declarar es la verdad y que son situaciones de las que fui testigo y comentarios que se efectuaron estando yo presente. Por lo mismo, a partir de ahora, estoy segura de que las autoridades de mi amado país me considerarán una traidora por el simple hecho de no estar de acuerdo con las acciones y decisiones de Sadam Huseín.

»Estoy consciente y acepto mi responsabilidad al tomar esta decisión, dejando perfectamente claro que no fui obligada por país o persona alguna. Mis deberes como ciudadana iraquí y como ser humano me demandan, sin demora alguna, que denuncie las atrocidades que se están cometiendo. Quiero dejar bien claro que no poseo información militar alguna que les pudiera ser útil, solo tengo un deseo enorme de que se haga justicia y se libere a tanta gente del enorme sufrimiento que están pasando. Estoy dispuesta a sacrificar mi vida para que se lleve a cabo esta liberación.

Las palabras de Zira podrían haber sonado como uno de los tantos discursos que suelen darse en declaraciones sobre la libertad, pero en ese contexto se entendían y se sentían como auténticas expresiones de amor y fervor patrio, muy distinto al patrioterismo oficial. Ella transmitía la convicción de que de veras quería que las cosas cambiaran en su país.

Con discreción, algunos de los presentes en la declaración se secaron las lágrimas. Don la tomó del brazo y la llevó a una terraza para que tomara un poco de aire y se tranquilizara. En definitiva, ya había dado el gran paso y no había marcha atrás.

—Zira, te felicito y te admiro, no es fácil hacer lo que tu hiciste, créeme que toda esta gente está pensando que ojalá hubiera en el mundo muchas Ziras para que de alguna manera las cosas fueran diferentes en muchos países.

—Gracias, Don —dijo Zira—. Cada vez estoy más convencida de que lo que hice fue lo correcto. Tal vez no arriesgo tanto la vida como pudiera pensarse, al menos no como la están arriesgando ahora miles de iraquíes que espera las instrucciones de Huseín para la guerra que se avecina. Además, es justo decir que desde que tomé la decisión de dar este paso no he estado sola, como nunca antes he estado acompañada y realmente protegida, por lo que te confirmo lo dicho en mi declaración: desde ahora, si tengo que dar mi vida para que se haga justicia, la voy a dar.

—Te admiro aún más —afirmó Don—. Te creo y pienso que no será necesario que ofrendes la vida por tu ideal, al contrario, necesitas vivir más para que con tu decisión y aplomo logres impulsar a todo el que quiera luchar por sus ideales; además de que mereces presenciar los resultados de tu decisión.

—Ahorita es importante que te informe sobre los acontecimientos que se desarrollarán en estos días. Como sabes, la noticia que nos diste sobre las reservas petroleras de Irak se tienen que manejar en forma conjunta con las autoridades de mi país, situación que ya está definida. Mañana se publicará la nota en mi periódico, en primera plana y a ocho columnas, y pensamos que esto provocará un cisma en la industria, por lo que ya estamos preparados para enfrentarlo. Desde luego, nuestros aliados están enterados y tomarán las debidas precauciones. Esperamos que la noticia tome a Sadam tan de sorpresa como cuando se lo hicieron saber en esa reunión.

»Noto en tu rostro un gesto de preocupación y sé que te preguntas por qué hago esto de acuerdo con las autoridades de mi país y por qué no simplemente publico la noticia amparado en la tan alardeada libertad de expresión. Bueno, en algunas ocasiones también es necesario recurrir a trueques y esta es una de ellas, ya que en principio yo tenía la noticia, pero tú no tenías la seguridad de seguir con vida. Tenemos reglas no escritas que nos indican cómo proceder en este y en muchos otros casos. Así es con mi periódico y con todos los medios de comunicación de mi país.

Mientras Zira escuchaba los comentarios de Don, se decía: «Así es como yo esperaba que fuera, no me has decepcionado».

El día 12 de enero, en la edición del *Washington Post*, se leía en primera plana y a ocho columnas: *Irak sin petróleo*. En la nota se ampliaba la información: «Según fuentes de absoluta confianza, en una reunión que el presidente Sadam Huseín sostuvo con su gabinete, el pasado 8 de enero, se dio a conocer que las reservas probadas de petróleo en Irak eran de tan solo 15 %. Es decir, apenas se tiene petróleo para cubrir la producción de los próximos 10 años, si se sigue con el ritmo actual de explotación. Esto significa que Irak tendrá que salir del mercado de la oferta y con esto dejarán de ingresar cantidades millonarias de dólares a sus arcas, colocándose su economía en una situación precaria, ya que de vendedor pasará a ser comprador.

Varias serán las repercusiones en el ámbito internacional, en virtud de que la economía global gira en mayor grado alrededor del oro negro y este anuncio pone sobre aviso a los países productores, ya que el precio del crudo se verá incrementado según el mercado que inicialmente suelte Irak.

No conocemos la reacción actual de las autoridades iraquíes, pero sí es un hecho que con la publicación de este artículo habrá alguna contundente respuesta, ya que esta información la utilizarían exclusivamente dichas autoridades. Por ahora solo tenemos estos datos, dada la importancia que reviste tan delicada divulgación. Los iraquíes pensaban que al manejarla en su provecho lograrían de alguna manera disminuir el golpe tan fuerte que iba a ocasionar en su economía. Al tener nosotros conocimiento de esta información, se colocarán en situación de defensa, ya que no podrán salir a negociar con los ases bajo la manga.

Por razones obvias, no se puede revelar nuestra fuente, pues su vida corre un serio peligro y se está gestionando ante las autoridades de este país para que se le otorgue asilo político. Lo que sí podemos adelantar es que se trata de una persona muy cercana a Sadam Huseín y que en muy breve tiempo el Departamento de Estado hará un anuncio oficial sobre la postura del gobierno norteamericano respecto a este tema».

Ya en la ciudad de Washington, Don y Zira se volvieron a reunir, una vez terminados todos los trámites burocráticos del asilo político de ella, lo que había dado luz verde a Don para publicar su artículo. El periodista terminó de leer y volteó a ver a Zira, quien escuchaba mientras evocaba su patria, a la que no olvidaba a pesar de todo.

—¿Qué te parece el articulo? —preguntó Don.

—Bueno, el paso está dado —respondió ella—, ahora solo hay que ver hacia adelante. Así que Zira, bienvenida a tu nueva vida y que en lo que continúa todo sea para bien tuyo.

—Así es —asintió Don, utilizando un tono animoso en sus palabras—, además deseo que te llenes de amor y felicidad. Tu único problema ahora será encontrar a alguien con quien compartir tu vida.

—Gracias, Don —dijo ella, con un tono de sincero agradecimiento—. Como sabes, esta será la última vez que nos veamos, pues, por mi propia seguridad, desde que se me dé una nueva identidad todo mi pasado quedará borrado de forma automática, aunque no hay mucho que perder. Sí te aseguro una cosa: en la primera oportunidad que tenga de contactarte, júralo que lo haré. En última instancia, yo siempre sabré dónde localizarte.

—Me dan tristeza las despedidas —repuso Don, haciendo un gesto de poca conformidad— y en este caso aún más. No obstante, me reconforta saber que esta despedida más bien es una bienvenida a tu nueva vida, de la cual desde luego me gustaría ser parte. En pocas ocasiones he sentido alegría y tristeza al mismo tiempo.

Se abrazaron y se besaron las mejillas, acción que selló la gran amistad que habían desarrollado. Ambos sabían que ya habrá ocasión de encontrarse de nuevo y en sus mentes quedó grabado que algo grato pasaría en el futuro.

Capítulo 5

10 de enero: Mientras tanto

A las nueve y treinta de la noche del 10 de enero, Julio Beranza y Javier Marínez estaban reunidos en el café La Conchita. Julio le comentaba sobre lo acontecido en la reunión con Mohba y su grupo, cuidando de ponerlo al tanto de todos los detalles. Le informó que el plan avanzaba según lo planeado.

—Bien, compadre —asintió Javier—, déjame decirte que el presidente me ha estado preguntando por ti, ya que sabemos que el asunto que te llevó a Irak no era precisamente un pan dulce. En cuanto me pediste que nos viéramos, se lo comuniqué al presidente y, al igual que yo, se tranquilizó al tener noticias tuyas. Ahora lo importante es esperar a que truene la bomba con la información que presentaste.

—Así es, quedé con Mohba en que me llamará en cuanto él supiera algo, por lo que es necesario que estemos listos para actuar en el tiempo preciso.

—De acuerdo —dijo Javier—. Te anuncio que el presidente ha tenido la previsión de presionar a cada uno de los miembros del «comité» a fin de que todo esté listo en el momento requerido.

Siguieron platicando de asuntos sin mayor relevancia y se despidieron cerca de las once y media, quedando en comunicarse solo en caso de que se diera alguna situación que alterara el estado actual de las cosas.

La mañana del 11 de enero, Julio se despertó como siempre escuchando las noticias. Se disponía a preparar su café cuando sonó el teléfono.

—Hola.

—Hola —respondió Mohba del otro lado—, disculpa que te hable a esta hora, pero temo que ha sucedido algo que no puede esperar.

—Mohba —lo interrumpió Julio—, permíteme; no cuelgues, por favor.

En su aparato telefónico marcó una serie de números que le habían indicado con el propósito de volver segura la línea.

—Listo, Mohba, ahora sí podemos hablar.

—Bien, hubo una reunión con Sadam y se le informó sobre el contenido de tu dictamen. Déjame decirte que hubo una molestia enorme por las cifras proporcionadas y sobre todo por el hecho de que no se las hubieran dado a conocer antes. Lo importante ahora es que se están llevando a cabo acciones para no recibir el golpe tan fuerte como se espera, además de otras acciones que no te puedo comentar. Lo que sí te digo es que es la hora de actuar. Te deseo suerte y seguiremos en contacto.

—Yo también te deseo suerte —repuso Julio—, confía en que todo va a salir bien, adiós.

Colgó el auricular y su mente comenzó a trabajar en forma acelerada, pues había comenzado la cuenta regresiva y se tenía que actuar de inmediato. Lo primero que hizo comunicarse con Marínez y quedaron en verse con el presidente.

A las ocho y treinta de la mañana estaban reunidos en el jardín de Los Pinos el presidente, Julio Beranza y Javier Marínez ante una mesa con platos de fruta fresca, cereales y dos platones que contenían chilaquiles uno y el otro huevo con machaca. Se sirvieron y, mientras desayunaban, platicaban los sucesos.

—Bueno, ingeniero —comenzó el presidente, ya que de alguna manera sabían Julio y Javier que así tenía que ser—, platíqueme qué le comentó su contacto en Irak.

—Desde luego, señor presidente —respondió Julio—. Me informó que Sadam Huseín recibió el informe que preparé sobre el estado actual de sus mantos petrolíferos, que al ver los resultados se molestó bastante y que había girado instrucciones para que se prepararan para amortiguar el golpe de la crisis que se les iba a venir. Lo que me dejó un poco preocupado es que también me dijo que se tomarían otras acciones, de las cuales no me podía hacer comentarios. Inferí que ya no pudo seguir hablando, pero sí me enfatizó que era el tiempo de actuar.

—Señores, como dijo nuestro amigo Mohba, es el momento de actuar —comentó el presidente tras escuchar con atención las palabras de Julio.

Continuaron desayunando sin tocar más el tema; sin embargo, pese a lo poco que se platicó, esa resultaría una de las reuniones más importantes que se hayan efectuado en México en muchos años.

* * *

—Mire, señor Díaz —dijo Javier—, la recesión en México fue un duro golpe para la economía de todos los mexicanos y se está haciendo un esfuerzo enorme para no hacer más daño a sus bolsillos. Por fortuna, el hecho de que se hayan localizado los yacimientos nos facilita más el camino al fortalecimiento económico del país, ya que estaremos en posibilidad de ingresar más recursos económicos a nuestras arcas. Por supuesto, manejando bien esta situación, las maniobras que se hagan en la OPEP, de entrada, no tendrán mayor repercusión en nuestras ventas al exterior como la tuvieron en fechas pasadas.

—Buenas noches, soy Richard Harris, del periódico *Le Heritage*. Ustedes dan por hecho que su producción será colocada en el extranjero y que el precio al que será vendido no se verá afectado por las determinaciones de la OPEP, ¿no es demasiado arriesgado cantar victoria antes de tiempo?

—Señor Harris —respondió el director de PEMEX—, hemos estado atentos todos los días a que los precios del petróleo los están fijando la oferta y la demanda, como todos seguro saben, y solo si se desarrolla un conflicto bélico en alguno de los países productores, como también todos conocen, es que se puede pensar que suban los precios del petróleo. Es una situación que no esperamos ni deseamos que se dé. Sin embargo, al tener reservas probadas y un potencial de producción que nos permita ofrecer el producto en excelentes condiciones, podemos asumir la responsabilidad que implica un anuncio como el que estamos dando a conocer. Es decir, por primera vez en mucho tiempo tenemos certeza y fundamentos para poder visualizar una recuperación con base en el petróleo.

—Buenas noches, soy Arturo Reza, de *La Jornada*. Acaban de asegurar que ahora sí tienen certeza de la información que están proporcionando; significa que todo lo que han dicho antes, ustedes mismos o los integrantes de las administraciones anteriores, han sido mentiras, o más bien dicho, ¿nos han estado dando atole con el dedo?

—Desde luego que no —respondió Javier, haciendo énfasis en sus palabras—, simplemente queremos que la gente sepa que lo que se está haciendo no es solo un intento de resolver las cosas, sino que de veras es una acción que nos va a permitir enfrentar con mayor holgura la recesión. Por supuesto, hay luego muchas áreas por atender y se hacen necesarios muchos recursos económicos, sociales, materiales y humanos, y teniendo una opción como la que ahora tenemos, las cosas serán más simples.

Sentado en un sillón, el presidente observaba la conferencia de prensa en circuito cerrado. En ocasiones estaba de acuerdo o en desacuerdo con las respuestas de los ministros, pero él sabía que se estaba manejando bien el asunto, así que decidió irse a la cama y esperar los acontecimientos del día siguiente.

Capítulo 6

12 de enero: La guerra

En cuanto colgó el teléfono, Mohba se fue a su oficina y comenzó a empacar los documentos que serían quemados, ya que la situación de guerra inminente les decía que no debían tener documentos valiosos en caso de intervención de algún otro país. A pesar de todo, los integrantes del plan Águila del Desierto ya habían previsto que se presentaría esta situación, habían sido instruidos por el mayor Roff y sabían con exactitud qué acciones tomaren cuanto llegara la ocasión precisa.

Cargaron las cajas en el camión estacionado afuera del edificio que se fue de inmediato al lugar acordado para la reunión del grupo, ya que tenían una cita dentro de apenas algunos instantes.

—Bien, señores —tomó la palabra el doctor Assim—, se está desarrollando lo que menos hubiéramos deseado, aunque sabíamos que con nuestras acciones era casi un hecho que se tomarían estas medidas. Necesitamos decidir la posición que tomaremos en cuanto se desate el conflicto. Valdría la pena que el mayor Roff nos hablara sobre las instrucciones que le han sido dadas.

Cedió la palabra, dejando la impresión de que al estar más cerca de los acontecimientos previstos la adrenalina iba en aumento.

—Bien, en primer lugar —empezó a decir el mayor Roff, con su proverbial seriedad— estoy corriendo ya un riesgo al estar aquí ahora, ya que mi unidad ha sido emplazada a la frontera con Kuwait, pero me las arreglé para asistir a esta reunión. Las instrucciones son precisas: invadir Kuwait. Se piensa que no habrá mucha resistencia porque es un país pequeño y no tiene un ejército suficientemente grande para hacernos frente o al menos para repeler la invasión. Se tiene previsto que la lucha dure cuando mucho una semana, antes de que se tenga a todo Kuwait bajo control.

—Bueno, las cosas ya están en un punto en el que prácticamente no podemos hacer nada —comentó Assim—. Sin embargo, me comunicaré con personal del gobierno de México para tratar de sacar el mayor provecho a la situación. Señores, a partir de ahora ya no habrá más reuniones y mejor esperaremos a que se desarrollen los hechos para que en su oportunidad tomemos la decisión adecuada.

Se despidieron, quedando solo Assim y Mohba para definir acciones inmediatas.

—Mohba, entiendo que ya hablaste con Beranza, dime con exactitud lo que le dijiste.

—En efecto —respondió Mohba—, hace unas horas platiqué con él y le dije que era hora de actuar y que estaban sucediendo cosas que no le podía compartir. Nos despedimos y estoy seguro de que entendió de lo que estaba hablando.

—Bueno, es hora de hablar con él y con su presidente —concluyó el doctor Assim.

* * *

Esa mañana del 12 de enero, Julio leyó la información del *Washington Post* sobre los problemas petroleros de Irak y recordó su inquietud con respecto a la información que Mohba se había reservado, tal vez porque estaba en algún lugar en el que no podía hablar con libertad. Repasó en su mente las palabras de Mohba: «Es tiempo de actuar». Conocía a su amigo y sabía que en esa frase había algo más. Se levantó y se comunicó con Javier Marínez, dejándole el recado con su secretaria de reunirse más tarde.

Como todas la mañanas, se aprestó a preparar su café, pero antes quiso darse un baño con agua muy caliente, ya que eso lo reconfortaba cuando se sentía presionado por alguna situación de la que no tenía el control; así también estaría más relajado para cuando Javier le respondiera su llamada. Puso un CD de Michael Franks y empezó a escuchar *Tiger in the Rain*, ya que su música ligera y agradable no le exigía pensar más allá del disfrute de la deliciosa ducha caliente.

Sonó el teléfono y fue hasta su recámara a responder. Escuchó atentamente la voz de Mohba, asintió y tomó la encomienda que le hizo. Tras colgar, buscó de nuevo a Javier, y haciendo gala de su capacidad para resolver problemas, lo localizó y le comentó lo platicado con Mohba. Quedaron de verse en Los Pinos a las once de la mañana.

Mientras esperaban a que el presidente hiciera su aparición en la pequeña sala de juntas, comentaban sobre la conferencia de prensa del día anterior y las expectativas ante las posibles repercusiones.

—Buenos días. Esta reunión me tomó de sorpresa, tuve que cancelar algunas actividades públicas, así que ojalá el motivo sea lo bastante poderoso como para no tener que dar explicaciones posteriores —dijo el presidente al llegar, acentuando más las palabras del final e intimidando de alguna manera a sus interlocutores.

—Señor presidente, buenos días —respondió Julio, infundiendo la seguridad de que en efecto el asunto tenía la suficiente relevancia como para no dar pie a esas «explicaciones posteriores».

—Como le indiqué al ministro de Hacienda, esta mañana recibí una llamada del señor Mohba Levin, quien me encomendó de acuciante manera que estuviéramos presentes con usted a esta hora para recibir una llamada muy importante. En realidad no sé de qué se trate, solo sé que Mohba es una persona muy seria y no se prestaría a hacer alguna jugada de mal gusto.

—Está bien, está bien —asintió el presidente, con un gesto que denotaba aceptación—, ¿a qué hora dijo que llamarían?

—A las once de la mañana, tiempo de México —respondió Julio.

—Correcto, son las diez y cuarenta y cinco, así que tenemos oportunidad de tomar café y charlar un poco, —condescendió el presidente.

Solicitaron servicio de café a la sala y cuando quedaron solos intercambiaron comentarios sobre la rueda de prensa y la nota del *Washington Post.*

—Quisiera que, en breves palabras, fijáramos el escenario actual tras los sucesos de ayer y hoy —pautó el presidente—. Primero, la conferencia de prensa estuvo muy bien llevada y siento que se sembró una esperanza de mejoría en la mente de los mexicanos. Segundo, es necesario que los estudios elaborados sobre los yacimientos queden bien soportados y sobre todo que se hagan los arreglos necesarios para que estemos en posición de explotarlos en un corto plazo. Tercero, la noticia de las exiguas reservas de petróleo en Irak debe ser aprovechada al máximo, ya que en cuanto se den cuenta de que en verdad sí tienen petróleo, y suficiente, atacarán el mercado de manera furibunda.

»Hay que estar listos para evitar que los precios caigan al nivel que estarán ellos dispuestos a venderlo y sobre todo no ceder al 100 % el mercado que ganaremos en estos días. Tal vez podamos perder un 60 % de ese mercado, así que debemos prepararnos para retener el 40 % restante, ser capaces de guardar todo el ingreso que se tenga hasta en tanto los mercados no reaccionen a la respuesta iraquí sobre sus verdaderas reservas y, además, con esto capitalizar hasta donde se pueda la economía mexicana, haciendo crecer nuestras reservas monetarias.

»Desde luego, también hay que dejar muy claro, mediante algunas reformas a la Constitución si es necesario, que ese capital no se deberá tocar salvo acciones bien justificadas, a fin de evitar otra crisis como la que estamos atravesando. Todas estas acciones, aunque no son de su competencia, sí quiero que las conozcan, pues como sabemos los tres estamos en el mismo tren.

Julio y Javier escuchaban atentos e iban recreando en sus mentes cada una de las estrategias que planteaba el presidente. Muy dentro de ellos sentían que esta era otra más de las «aventuras» que habían pasado juntos y, en especial, esta no se parecía a ninguna otra, ni siquiera a la vez que se los llevaron detenidos por manejar sin licencia y con aliento alcohólico, pasando la noche en la celda de la delegación hasta que al día siguiente otro amigo pagara la multa y pudieran salir.

A las once en punto timbró el teléfono.

—Hola, Mohba. Sí, aquí está el señor presidente y nuestro ministro de Hacienda —dijo Julio, al tiempo que volteaba a verlos—. Correcto, permíteme abrir el altavoz para participar todos en esta llamada.

En cuanto se abrió, se escuchó la voz del doctor Assim al otro lado de la línea.

—Señores, buenos días en México. Permítanme presentarme, soy Said Assim, espero que el señor presidente me esté escuchando.

—Buenos días, doctor Assim —respondió el presidente—, es un gusto conocerlo, aunque sea por teléfono.

—Señor presidente Gonzaga, se preguntará cuál es mi calidad moral y cívica para solicitar una llamada con usted. Creo y ahora celebro que esté enterado de quién soy, ya que el ingeniero Beranza me dijo que usted y su ministro de Hacienda estaban enterados de nuestro grupo de acción.

Se detuvo, esperando que con la pausa sus palabras tuvieran mayor peso.

—Lo que en realidad me lleva a llamarlo es porque nos sonrió la fortuna, ya que, como estoy seguro que usted esta enterado, se publicó en el *Washington Post* el informe que el ingeniero Beranza nos hizo el favor de preparar, aunque sabíamos que Sadam Huseín iba a reaccionar desatando un estado de guerra en el cual estamos inmersos hoy. ¿Cuál estado de guerra?, se preguntará usted. Bueno, en unas horas más Irak atacará a Kuwait con la firme intención de invadirlo para adueñarse de sus mantos petrolíferos.

»También estará pensando ¿por qué si sabíamos que Sadam tomaría la decisión de desatar una guerra, continuamos adelante?. La respuesta es que después de efectuar varias reuniones en el grupo no encontramos la forma de actuar sin que se perdieran vidas; vidas que sabemos no justifican nuestras acciones, pero no existe otra posibilidad de derrocar a Sadam, pues los militares le tienen mucha lealtad. En cualquier caso, lo que está pasando en el país a mediano plazo costará más vidas que las que se perderán en esta guerra sin sentido.

»Confiamos y estamos seguros de que muchos países del mundo rechazarán esta guerra y algunos intervendrán. Ahí está nuestra apuesta para que Sadam deje el poder y seamos un país democrático, como es el deseo de la gran mayoría de los iraquíes. De hecho, esta situación no es nueva, ya que en repetidas ocasiones Huseín ha declarado que Kuwait nos pertenecía y que haría lo necesario para «recuperarlo». Entonces, dadas las circunstancias planteadas por el estudio del ingeniero Beranza, se precipitó la decisión de la invasión.

Assim continuó sin dar la oportunidad de que se le plantearan preguntas para que las ideas fueran más claras.

—Aquí creo conveniente señalar que, conociendo hacia dónde va mi nación, tienen ustedes unas horas para llevar a cabo las acciones que más les convengan. Con la tecnología que poseen, ya otros países estarán monitoreando el movimiento de tropas de mi país y con esto estarán pensando en una posible invasión, de la que usted ya está enterado que se llevará a cabo. Es por esto que le digo que tenemos el tiempo suficiente para ejecutar los movimientos que nos permitan aprovechar esta situación.

Asombrados todos ante lo que acababan de escuchar, al terminar el doctor Assim, por cortesía, Julio y Javier le cedieron la palabra al presidente.

—Bueno, doctor, la situación que usted me plantea me toma por sorpresa —intervino el presidente— porque lo que menos esperábamos era que se suscitara un conflicto bélico, pero quiero que sepa que sin duda aprovecharemos, hasta donde sea posible, tan oportuna información. Ahora bien, me asalta una pregunta: ¿qué hará su grupo? Además me gustaría saber en qué forma podemos ayudarlos.

—Gracias, señor presidente, le confío que la situación tampoco nosotros la teníamos contemplada; es decir, que se diera en tan corto tiempo. De modo que también nos tomó de sorpresa y por lo mismo las personas que intervenimos en este grupo de acción tenemos ya a estas horas órdenes precisas, por lo que es indispensable que actuemos con la suficiente cautela para no ponernos al descubierto. Así pues, le diré que nosotros también sacaremos provecho, ya que pensamos que no vamos a salir victoriosos de esta guerra y, como ya le comenté, ante la situación débil en la que se encontrará Sadam, debemos y sabremos tomar la oportunidad.

—Muy bien, me alegra la buena cara al mal tiempo que están ustedes presentando, solo que no me ha dicho cómo podemos ayudarlos. Tal vez ahora no se le ocurra de qué manera, pero quiero que se quede con la idea clara de que estamos dispuestos a ayudarlos, de tal forma que no se genere un conflicto político. Por lo demás, permítame confirmarle que nosotros no hemos tenido ninguna plática, ¿verdad?

—Claro, nosotros no sostuvimos plática alguna —ratificó Assim—. En cuanto a la ayuda que nos ofrece, me gustaría solicitarle que, en caso de ser necesario, se proporcione visas para su país a las personas que luego le indicaré; es decir, que podamos entrar sin ningún problema.

—De acuerdo —asintió el presidente Gonzaga—, daré las instrucciones necesarias para que en cuanto se tenga la información se proceda a liberar las visas que se requieran. Puede usted estar seguro de eso.

Al despedirse, acordaron en que si hubiera necesidad de volver a hablar lo harían tal y como se había hecho en esta ocasión, con la intervención de Julio y de Mohba.

—Necesitamos capitalizar esta información —afirmó el presidente tras colgar el teléfono—, hay que convocar a una reunión de emergencia con el gabinete en pleno para decidir los pasos que daremos.

—Señor presidente —interrumpió Javier—, estoy de acuerdo con usted, solo que primero debemos pensar de qué forma se va a manejar la información. No podemos simplemente decir que como va a haber guerra tomaremos acciones para aprovecharla. Sobre todo, hay que tener el cuidado de no delatar a nuestra fuente y poner en riesgo a su grupo; ni siquiera dar lugar a que sospechen que nosotros sabíamos sobre la invasión antes que nadie. No olvidemos que el protagonismo político es muy fuerte y cualquier secretario o subsecretario pudiera filtrar información a la prensa. Como recordará, la pregunta que hizo el reportero del periódico *Le Heritage* sobre por qué cantábamos victoria antes de tiempo fue un poco tendenciosa.

—De acuerdo, de acuerdo —concedió el presidente, mostrando un poco de agobio ante el problema—. Además, tanto en el ámbito político interno como en el plano internacional sería la tumba para nuestro gobierno que supiéramos sobre este acontecimiento y que no hiciéramos nada para evitarlo ni para informar a las Naciones Unidas para que tomaran cartas en el asunto.

Una vez que determinaron los pros y los contras de la situación, acordaron la forma en que se iba a manejar la información, solicitando el presidente una junta con el gabinete en pleno para la una y treinta de la tarde de ese mismo día.

* * *

En el palacio, Sadam Huseín convocó a una reunión urgente. Acababa de enterarse de la noticia publicada en el *Washington Post* sobre la situación petrolera del país. Sentados, todos escuchaban sobrecogidos ante los gritos que emitía.

—En este instante le estoy poniendo precio a la cabeza de Zira, puesto que la información que filtró y que seguro proporcionó a los norteamericanos nos ocasionará más daño del que nos podamos imaginar. Es imperativo que la localicen y la aniquilen —ordenó mientras caminaba alrededor de la mesa, manoteando y haciendo la escena más sobrecogedora y grotesca para los que ahí estaban.

—Su alteza —intervino Rome Batuk, jefe de la inteligencia iraquí—, los agentes que tenemos en los Estados Unidos de Norteamérica me confirmaron que efectivamente Zira ha proporcionado información a los americanos; y aunque no pueden evaluar el tipo de información, existe una vigilancia como nunca se había visto, por lo que consideran improbable poder llevar a cabo un atentado exitoso en contra de ella.

—Ya sé, y me imagino que esa perra traidora estará muy bien custodiada, pero debe haber alguna ocasión en que tenga que estar sola, así sea para ir al baño. Entonces habrá una oportunidad para que nosotros actuemos, ¿entendido? —gritó y su cara se puso roja por la ira.

Rome Batuk abandonó la reunión con la clara instrucción de eliminar a Zira a toda costa. Subió al auto y le indicó al chofer que lo llevara a su oficina. Mientras, pensaba la forma de llevar a cabo la tarea que él mismo había definido como casi imposible de ejecutar.

En cuanto llegó a su oficina, ordenó a su asistente que lo comunicara con su agente en los Estados Unidos.

—Hola, habla Ramad Lion, ¿cómo está coronel?

—Bien —respondió Batuk—, es imperativo que nos veamos. Mañana te espero en París, en el lugar acostumbrado.

—Correcto, tomaré el primer vuelo y, si no hay ningún contratiempo, estaré ahí a más tardar a las 15:00 horas —precisó el agente.

Colgaron, sin más plática ni protocolo, pues cada cual sabía lo que tenía que hacer.

A las tres de la tarde del día 13 de enero, se encontraron y comenzaron a platicar sin mayor preámbulo.

—Bien, Ramad, la orden de Sadam es precisa: hay que eliminar a Zira para que sirva como escarmiento para quienes tengan siquiera un leve interés en traicionar a nuestro país —dijo Batuk, procurando que su tono de voz hiciera comprender mejor a Ramad la apremiante situación.

—Como le informé, está muy custodiada y será difícil acceder a ella. Sin embargo, ya empecé a tratar de colocar gente en lugares que nos pudieran dar la oportunidad de conocer su paradero.

—Muy bien, pero cuanto más pronto se tengan resultados, mejor —dijo Batuk, sin ocultar su ansiedad.

—Solo me permito informarle que no será tan pronto como Sadam quisiera —advirtió Ramad—, pues llevará algo de tiempo para que la gente que ya coloqué me empiece a rendir frutos.

El propósito de Ramad era dejar claro que en principio no se estaba comprometiendo en cuanto al tiempo y que Batuk se diera cuenta de que él ya había adelantado su trabajo y que no necesitaba esperar órdenes para comenzar.

—De acuerdo, yo trataré de calmar a Sadam mientras tú no falles en tu cometido —finalizó Batuk, pensando que el hecho de que la guerra lo iba a tener distraído del tema de Zira.

Se despidieron sin más demostración que un apretón de manos.

* * *

A esas horas, Zira estaba instalada en una casa, en algún lugar de las montañas que acompañan a la ciudad de Seattle. Había dicho muchas cosas sobre la vida de Sadam y de su relación con él y a ciencia cierta no sabía si en verdad le sacarían mayor provecho ni la forma en que lo harían. Lo que a ella la tenía un tanto intranquila era que ya había dicho todo lo que era importante y esperaba solo saber qué iban a hacer con ella.

Escuchó que llamaban a la puerta de su recámara, solicitando permiso para entrar.

—Buenas noches, me llamo Bryton Binold —dijo el caballero que entró a la habitación, alto y delgado, de unos 35 años y piel blanca—, a partir de hoy seré su contacto entre su mundo anterior y su nuevo mundo. La razón de que me encuentre aquí es porque tenemos dos alternativas para su nueva identidad. La primera, quedarse a vivir en los Estados Unidos, asumiendo el riesgo de que los agentes iraquíes, por azares del destino, se pudieran topar con usted. La segunda, que como una situación inusual en este programa de testigos, se vaya a vivir a otro país, disminuyendo así el riesgo y contando aún en todo momento con toda la seguridad que nuestro país le prometió.

—Buenas noches. Antes que nada, mucho gusto —dijo Zira, desconcertando un poco a Bryton, quien se percató de que su saludo había sido un poco descortés y que ante todo se encontraba frente a una dama.

—En realidad no sabría contestar a lo que usted me acaba de comunicar. No sé si está pidiendo mi opinión o me está informando sobre lo que me espera.

—Le ofrezco una disculpa —dijo Bryton apenado, tratando de rectificar—, ya sé que fui un poco brusco con mis comentarios; le aseguro que no fue mi intención contrariarla. Por supuesto, estamos pidiendo su opinión, pues como le comenté es una situación especial, dado que usted fue quien se acercó a nosotros y puso su vida en nuestras manos.

—Bueno, si se trata de mi opinión, lo que de verdad pido es garantías y si fuera de este país me las siguen dando no veo por qué no pudiera ser así —repuso Zira, dándole un tono burlesco a sus palabras. Al advertir la turbación de Bryton, decidió que se iba a divertir un poco.

—Excelente —asintió Bryton, ya más calmado y sintiendo que el trago amargo había pasado—. Como le dije, de ahora en adelante voy a ser su enlace, así que por favor le suplico que, por nuestra seguridad, no platique con nadie acerca de lo que nosotros dos comentemos.

Zira asintió con la cabeza y lo acompañó a la puerta. Observó el cuerpo de Bryton mientras avanzaban y se preguntó si él sería capaz de defenderla en caso de ser necesario. De pronto se encontró con que estaba pensando en el peligro, por lo que se convenció de que si Bryton estaba ahí, entonces en él debía confiar.

—Le deseo que pase buenas noches —dijo él, despidiéndose y alejándose de la puerta.

—Buenas noches —respondió Zira, cerrando la puerta y quedando otra vez sola con sus pensamientos.

* * *

Después de exteriorizar de manera informal sus comentarios, la mayoría de ellos sobre el compromiso de cuidar sus declaraciones, los secretarios de Estado se retiraron con la seguridad de que todo iba por buen camino.

Sentados en la mesa de juntas del despacho, el presidente, Javier y Julio hablaban sobre lo sucedido.

—Parece que los secretarios están convencidos de que todo esto es de veras fortuito —opinó Julio, sin ocultar su buen ánimo.

—Señor Beranza, ¿tiene usted alguna duda de que todo esto no es fortuito? —repuso el presidente, adoptando un tono paternalista—. Si somos justos y honestos, sin la intervención de la suerte esto no hubiera sucedido, ya que cada uno de nosotros hemos estado en las ocasiones y en los lugares justos. Ahora nuestro papel será sacar el mayor provecho a los acontecimientos, mientras tratamos de hacer el menor daño posible.

—El menor daño posible, eso es —repitió Javier—. Por lo demás, si pensamos en los enormes beneficios que obtendremos para nuestra sociedad, se justifica ese daño menor.

Se quedaron pensando sobre los razonamientos que acababan de esbozar y cada uno a su manera concluyó el punto.

* * *

Mientras tanto, Don Zeick buscaba la forma de darle seguimiento a la noticia que acababa de publicar y ahondar aún más en su investigación. Recordó, dentro de las informaciones aportadas por Zira, el nombre del ingeniero que había hecho la evaluación de los yacimientos y se le ocurrió que entrevistándolo podría reforzar su historia. De modo que de inmediato se dio a la tarea de localizarlo, lo que no se le hizo difícil por la reputación del profesional. En corto tiempo pudo platicar con él.

—Bueno —dijo Julio al atender por fin los insistentes timbrazos de su aparato telefónico.

—Hola, el ingeniero Beranza, supongo —se escuchó la voz de Don del otro lado de la línea.

—Así es, ¿con quién tengo el gusto? —preguntó Julio un poco intrigado, sobre todo porque la conversación se estaba desarrollando en inglés.

—Mi nombre es Don Zeick, reportero del *Washington Post*. —Julio buscó papel y lápiz y tomó nota, comenzando con el nombre del reportero—. Me gustaría, si no tiene inconveniente, platicar con usted o, para ser más exactos, hacerle una entrevista acerca del estudio reciente sobre los yacimientos petroleros en Irak. Como sabrá, por fortuna tuve la oportunidad de tener la primicia de esta información y hacerla pública; por eso mismo, quisiera darle continuidad a esta historia y que mis lectores tengan de nuevo la oportunidad de tener información de primera mano.

Julio escuchaba atento sin pronunciar palabra, hizo un ademán con el puño, pues de alguna manera estaba sucediendo algo que no había previsto y se sintió muy mal por haber pasado por alto tan importante eventualidad. Comprendió que tenía que ser muy cauto con lo que iba a decir.

—Señor Zeick, me toma usted por sorpresa, no pensé que yo podía ser sujeto de una entrevista con motivo de alguno de mis trabajos. Si me deja usted su número, con gusto yo le devuelvo la llamada y hacemos una cita para que desarrolle su trabajo periodístico.

—*OK*, me parece correcto. Le ofrezco disculpas por haberlo molestado en su domicilio, pero este fue el único número telefónico que pude conseguir. Gracias, quedo en espera de su llamada.

Apenas colgó, Julio se comunicó enseguida con Javier.

—Compadre, fíjate que me llamó por teléfono un reportero del *Washington Post*, se llama Don Zeick —pronunció el nombre leyéndolo de la nota que había hecho—. Me pide una entrevista para hablar sobre el estudio que realicé en Irak. Creo que sobra decirte que me tomó por sorpresa, en particular porque es algo que no previmos. Quedé en devolverle la llamada para confirmar la cita, ¿qué te parece?

—Uff —respondió Javier—, me toma igual de sorpresa. Creo que debemos pensar en algún plan para que este periodista no sepa más de lo necesario. Desde luego, te digo que confío en tu capacidad y discreción; hiciste bien al hablarme porque mientras más enterados estemos todos de todo, más cohesión tendremos.

—¿Crees que valga la pena comentarlo con el presidente? —le preguntó Julio.

—Sí, pero no te preocupes, se lo informaré en la reunión que tendré con él esta tarde. Ya te avisaré si es necesario que nos reunamos los tres o en todo caso que sigamos informándolo. ¿Para cuándo piensas darle la entrevista?

—A decir verdad, no tengo un día específico —respondió Julio observando un calendario—. Mañana a primera hora lo llamaré y dejaré que él escoja el día. Supongo que querrá que sea lo antes posible para aprovechar el calor de su nota.

—Bueno, será conveniente que la noche anterior a tu entrevista nos reunamos y decidamos la mejor forma de llevarla a cabo —concluyó Javier.

* * *

El 14 de enero, Ramad regresó de París y se concentró en descubrir el paradero de Zira echando mano de sus contactos y de todo el personal con el que contaba. Lo inquietaba la circunstancia de que no se hubiera hecho declaraciones públicas desde la Casa Blanca sobre una desertora irakí vuelta ahora informante, lo que significaba que el gobierno de los Estados Unidos estaba tomando el asunto como una situación muy especial. Esto haría todavía más difícil la operación para ubicarla, por lo que decidió elaborar el plan más astuto de su vida con el fin de encontrarla.

* * *

Bryton Binold salió de la casa de Zira y se dirigió a la suya, donde tenía su lugar provisional de trabajo. En cuanto llegó, comenzó a estudiar los lugares en los que Zira podía estar sin correr peligro. Tenía varias opciones en países de Centro y Sudamérica, pero lo intranquilizaba un poco el saber que una persona así llamaría mucho la atención, y no solo ella, ya que sus vecinos serían él, su esposa y otro matrimonio de agentes aun no designados. De modo que si una sola persona podía llamar la atención, pues cinco con mayor razón.

Al final, decidió que la mejor opción era algún lugar del Caribe mexicano, donde es muy común que vivan personas de otros países sin que se les preste mayor atención. Además era un sitio muy bien comunicado y podría tener apoyo de forma más expedita que en otra localidad de Centroamérica. De manera que tomó el teléfono y reservó para el próximo vuelo a Cancún, Quintana Roo, México.

Capítulo 7

14 de enero: Valorando

A los dos días, Bryton estaba cómodamente alojado en el Hotel Coral Beach de la ciudad de Cancún. Solicitó un guía especial, pues deseaba conocer la pequeña ciudad, que seguía creciendo, y luego los alrededores. Estaba parado en la terraza con vista al mar, asombrado por los colores de la costa. Aunque nunca había estado ahí antes, sabía que esa era una cualidad del mar de la Riviera maya y entendió que a veces lo que sabemos no es ni por asomo parecido a la realidad; así que solo siguió disfrutando de la vista, del calor y de la brisa del lugar. Estaba con los ojos cerrados cuando tocaron a su puerta.

—Buenos días, mi nombre es René, soy el guía que solicitó a la recepción.

—Ah, buenos días, mucho gusto —respondió Bryton—. ¿Nos vamos ya?

Salieron del hotel y abordaron el vehículo que los transportaría. Sin olvidar su entrenamiento y cautela, Bryton decidió ir en la parte delantera.

—Señor, ¿qué le gustaría ver o por dónde le gustaría comenzar el recorrido? —preguntó René, mientras conducía por la avenida Kukulkán.

—Mira, quisiera conocer los lugares que prefieren los americanos para vivir —propuso Bryton, tratando de que su tono de voz fuera lo más desenfadado posible—, es que tengo planes futuros de venir a disfrutar estos paisajes a tiempo completo. En verdad, no soy muy Robinson Crusoe, por lo que yo preferiría que fuera en alguna localidad que ya tuviera por lo menos todos los servicios. No tiene que ser una ciudad, ¿me explico? —preguntó mientras observaba con sumo cuidado si eran seguidos por otro vehículo.

—Muy bien —respondió el guía—, yo creo que el lugar que está usted buscando es Playa del Carmen. Verá, es el puerto de donde salen las embarcaciones a la isla de Cozumel, no es muy grande ni muy pequeño, pero tiene todos los servicios que usted pide. La población de extranjeros en este puerto es alta y también llegan mujeres muy bellas a bañarse en esas playas. Yo creo que le va a gustar ese lugar.

—De acuerdo —asintió Bryton—, llévame entonces a Playa del Carmen.

* * *

El 13 de enero, Julio y Javier se reunieron de nuevo en el café de La Conchita, un día antes de la entrevista con Don Zeick.

—Bueno, ya está hecho, me comuniqué con el periodista, quien como te dije tenía prisa por efectuar la entrevista, y me la pidió para el día de mañana. De modo que nos reuniremos a las diez de la mañana en el restaurante del Hotel Chapultepec.

—Perfecto, compadre —aprobó Javier, denotando en sus palabras que confiaba en el desempeño de Julio durante su encuentro con el periodista—. Me comentaste que la entrevista giraría en torno al reporte de Irak y creo que lo ideal es que finjas total «demencia» respecto a todo lo demás. Ayer mismo le comenté al presidente y se mostró también sorprendido, aunque no se preocupó demasiado. Él confía en el manejo que le daremos al asunto, solo me indicó que lo mantuviéramos al tanto de cualquier otra cosa que suceda. También necesitará una copia de la grabación de la entrevista para, en cualquier caso, detectar alguna situación incómoda que se pudiera presentar y tomar acciones inmediatas.

—Creo que sobra el comentario sobre el desconocimiento que tendré que fingir de los asuntos «extras» —dijo Julio con un tono de reproche—; sin embargo, lo tomo y creo necesario también que tú creas y confíes en mí. Yo sé que así se lo harás sentir al presidente.

—Te pido me disculpes el comentario, que a todas luces estuvo fuera de lugar —repuso Javier un poco apenado—, es solo que de repente nos traiciona la presión y algunas veces hablamos sin pensar realmente es nuestro interlocutor.

—No hay problema, compadre, ahora a lo nuestro. Durante la entrevista me voy a concentrar, o más bien voy a tratar de llevarla por el camino técnico, sin darle mucha oportunidad de que tome o perciba otros asuntos. Aunque déjame decirte que por ser quien es, no creo que sea tan fácil de manejar.

Ambos se quedaron pensativos, imaginando tal vez cómo se desarrollaría esa reunión y con las expectativas de que saliera como ellos esperaban. El sonido ambiental les trajo *Jealous Guy*, de John Lennon, que les hizo más placentero el momento y armonizó sus pensamientos.

El resto de la velada transcurrió hablando de los compañeros de la prepa y de los tiempos pasados.

Capítulo 8

14 de enero: La entrevista

A las diez de la mañana del día 14 de enero, se encontraron Don Zeick y Julio Beranza en el restaurante del del lago de Chapultepec. Se sentaron en la mesa que antes había apartado Don en la terraza y Julio comprendió que él había pedido que les dieran toda la intimidad posible, ya que pudo observar que no había nadie en las mesas de alrededor. No sabía si sentía o no tranquilidad por el hecho de que solo estuvieran ellos dos. Lo que Julio tampoco supo, pues no llegó a percatarse, fue que las dos parejas sentadas tres mesas más allá eran agentes enviados por Javier Marínez con las instrucciones precisas de pasar desapercibidos y de hacerse presentes en caso de alguna situación anormal.

—Bueno, aquí estamos. Antes que nada, permítame decirle que tengo mucho gusto en conocerlo y que le agradezco que me haya concedido esta entrevista.

—Al contrario, el gusto es mío —dijo Julio. Y en cuanto a la entrevista, le seré sincero, estoy un poco sorprendido porque no esperaba que por la nota que usted manejó se pensara que yo tuviera que ver de manera directa o indirecta en ese asunto.

—En realidad sí tiene que ver y mucho —repuso Don, esta vez con un tono de voz que denotaba que la entrevista tomaba toda la seriedad que tenía—. Verá, por la información que me dieron, que por cierto proviene de muy buena fuente y cuyo nombre me reservo, y espero que lo comprenda, usted fue la persona que realizó el estudio para los iraquíes sobre el estado de sus reservas petrolíferas. Por lo mismo, sin mayores datos técnicos, me gustaría que me platicara sus comentarios sobre el trabajo que desarrolló.

—Mi intervención en ese trabajo no fue necesariamente un secreto de Estado —aseveró Julio—, por lo que de alguna manera usted hubiera tenido la información tarde o temprano. En ese mismo sentido, trataré de reseñarle en pocas palabras dicho trabajo.

Julio sintió que sus palabras acababan de tranquilizar las ansías del reportero y pidió que antes de comenzar su relato pusiera a trabajar la grabadora. Observó que Don puso a funcionar no una, sino dos grabadoras, quedando tranquilo en cuanto a la integridad del periodista al entender que la segunda cinta sería su copia.

Comenzó a contarle la forma en la que había sido contactado y por quién, el tipo de trabajo que desarrolló, sus alcances, las facilidades que se le habían otorgado y el tiempo invertido. En esto llevaban aproximadamente una hora, con las interrupciones de los meseros ofreciéndoles bebidas y alimentos.

En todo este tiempo, Julio notó que Don no lo había interrumpido, salvo para confirmar o reafirmar alguna palabra o una idea. También se dio cuenta de que estaba haciendo anotaciones y con esto corroboró el comentario que le había hecho el día anterior a Javier, en el sentido de que no iba a ser fácil manejarlo.

—Y así es como sucedieron las cosas —abrevió Julio.

—Bastante interesante, vaya forma de presentar un trabajo tan difícil en una forma tan fácil. Está bastante claro y, por consiguiente, se me presenta una dificultad, porque yo tenía planeadas una serie de preguntas que ahorita hasta me parecería una necedad efectuarlas. Sin embargo, se me presentaron otras puertas que quisiera tocar y, con base en nuevas, interrogantes replantear mi entrevista —comentó Don, leyendo al mismo tiempo sus apuntes y haciendo ademanes con las manos, como si todo se hubiera encaminado en otro sentido.

Antes de hacer las preguntas, Don procedió a cambiar las cintas de las grabadoras, ya que por el tiempo transcurrido casi se habían terminado y prefería tener una cinta particular para esta parte de la conversación.

—Ahora sí —dijo, reacomodándose en su asiento como quien va a pasar un buen rato sentado—. Empecemos las preguntas: primero, ¿tuvo usted idea de que el resultado de su estudio iba a ser incluso causa de una guerra?

—En mi trabajo, de lo que más somos ajenos es a las guerras, así que desde luego no tenía ni idea de lo que iba a suceder. Creo que, salvo contadas excepciones, todas las personas se desempeñan en sus trabajos con el objetivo de realizar un bien, ya sea social o económico, por lo que lo último que esperan es que se desate alguna guerra como consecuencia de su trabajo —argumentó Julio, enfatizando sus palabras.

—Claro, sin embargo nos inquietó un poco el hecho de que México haya hecho movimientos tan oportunos antes de los acontecimientos —replicó Don, dejando ver que no estaba del todo contento con la respuesta.

—Bien, bien —rio Julio—, si trata de encontrar liga entre estos dos acontecimientos yo le desearía buena suerte, ya que como usted podrá ver yo soy un ciudadano más y mi participación en los acontecimientos de mi país, hasta hoy, se limitan a vivir en él y cumplir con mis obligaciones.

—No quisiera que esto se malinterpretara —aclaró Don, tratando de no parecer grosero ni acusador—, solo que en verdad las cosas se dieron de una forma que me generan esta inquietud y, por lo mismo, creo que como yo habrá mucha gente que tratará de expresar sus inquietudes. Ahora bien, no ahondemos más en suposiciones y coménteme, ¿notó usted durante su estancia en Irak algún preparativo que le diera la idea del conflicto?

—No, en realidad el país que yo pude ver era un país con su ritmo de vida normal. Incluso en los lugares que visité, por el trabajo que desarrollé, no se notó ningún tipo de trabajo especial. Es decir, no había una producción de petróleo más allá de la que tenían programada; y que conste que le comento esto como una persona que en realidad no sabe qué tipo de preparativos se necesiten o se tengan que hacer en caso de guerra.

—Ahora, tenemos conocimiento de que Irak pedirá una segunda opinión con respecto a sus yacimientos, ¿qué piensa usted?

—Mire, de veras me sorprende que Irak haya tomado decisiones tan radicales antes de tener una segunda opinión, así que están en todo su derecho de hacerlo y, si somos justos, yo estaré en posición de aclarar cualquier cosa que se tenga que aclarar —afirmó Julio.

—Bueno, déjeme decirle que un poco de la actitud de Irak se debió a que se dio a conocer el resultado de sus existencias petroleras antes de que lo pudieran ellos manejar.

—Ahí sí no puedo yo opinar —precisó Julio, dándole a entender que en adelante la entrevista sería improductiva, ya que las posiciones habían sido perfectamente fijadas.

La entrevista transcurrió enfocada más a asuntos del trabajo que a cuestiones de políticas y resultados. Al cabo de otra hora de preguntas y respuestas, terminaron la entrevista.

—Me dio mucho gusto que haya aceptado darme esta entrevista —dijo Don, entregándole a Julio un juego de cintas con las grabaciones— y se lo agradezco profundamente. Le haré llegar un ejemplar del diario con la publicación y, como convenimos, no habrá nada diferente a lo aquí comentado.

—Yo también le agradezco la tranquilidad que me brinda y ya seremos testigos de los acontecimientos futuros en cuanto a este tema —finalizó Julio, despidiéndose.

Capítulo 9

13 de enero: La noticia

En los periódicos y noticieros de todo el mundo, el día 13 de enero, estaba desplegado el titular «Irak invade Kuwait».

Después de la reunión con la organización, el mayor Roff se integró a la unidad blindada que comandaba, la cual estaba enfrentando una feroz resistencia por parte de las fuerzas de Kuwait.

Sonó el teléfono de la casa del doctor Assim.

—Bueno —respondió él.

—Doctor Assim, buenos días —dijo Mohba, tratando de disimular su ansiedad—, es necesario que le entregue el libro que me encargó y sería conveniente que tuviera «todo» dispuesto a las 21:00 horas, ¿le parece?

—Correcto —respondió Assim—, yo me encargo de que esté «todo» listo. Te espero a esa hora.

En realidad, Mohba pedía ver al doctor para darle alguna información importante respecto a sus planes y al decirle que tuviera «todo» dispuesto se refería a que estuvieran presentes todas las cabezas de la organización. El hecho de que el país ya estuviera en guerra hacía imprescindible el tener que hablar en clave, ya que todas las comunicaciones estaban intervenidas.

—Creo que ya estamos todos presentes —confirmó el doctor Assim.

A diferencia de otras veces, en la casa estaban doce personas reunidas de manera extraordinaria, convocadas según lo planeado para entrar en acción y escuchar cada quien la tarea que le correspondía. El hecho de que la organización estuviera aún en el anonimato se confirmaba en esta reunión, ya que de los presentes solo se conocían entre sí Assim, Mohba y Fyara. Los demás participantes no tenían idea de la existencia o la participación del resto.

—Doctor Assim —tomó la palabra Mohba—, la urgencia de esta reunión se debe a que tengo instrucciones precisas de contactar a otra empresa o persona que venga a confirmar los datos de la investigación sobre nuestras reservas petroleras. Como usted comprenderá, esto nos obliga a emprender acciones inmediatas.

—Preocupantes, pero no sorpresivas tus noticias, Mohba —comentó Assim, con un tono que pretendía calmar cualquier ansiedad en la reunión—. Realmente ya se habían tardado en tomar esta medida, pero tienes razón en eso de tomar acciones inmediatas. Así que, señores, aunque no se conozcan todos entre sí, dos cosas nos unen: somos iraquíes y queremos lo mejor para nuestra querida patria. Llegó el momento para el que nos hemos estado preparando.

Se hizo un silencio y, pensando y repasando en sus mentes lo que sabían de sobra, todos miraron al doctor Assim.

—Doctor, solo necesito que me indique a la persona que estará conmigo para poder comenzar mi tarea —habló Fyara.

Assim volteó a buscar a Lena Zadd, quien trabajaba en el área de sistemas del palacio.

—Muy bien, Lena —dijo Assim, invitándola con la mirada para que se acercara a la ingeniera—, ahora es cuando en verdad vas a participar.

Lena, de 29 años, baja estatura y con rasgos clásicos iraquíes, se puso a las órdenes de Fyara.

—De acuerdo con lo planeado —continuó Assim—, quedaremos en espera del trabajo de Fyara y Lena. Por lo demás, es conveniente que todos nos conozcamos, aunque sea de vista, ya que de aquí en adelante será necesario que en su oportunidad podamos reconocernos.

La casa de Fyara no era muy diferente a las casas que en general se veían en el barrio donde ella habitaba. La distinguía el toque femenino en la decoración, sobre todo la cantidad de plantas y flores en la terraza y jardines de la casa. Esto no pasó inadvertido para Lena cuando entró, pues a la vista era agradable y fácil de percibir la frescura que emanaba.

—Bienvenida —dijo Fyara, enmarcando con esa palabra la situación que las unía: tener que enfrentar juntas lo desconocido.

—Tenemos que actuar con precisión y rapidez —continuó Fyara—, ya que de nosotras depende que se active el plan lo antes posible para aprovechar de alguna manera esta situación.

—Gracias —respondió Lena, mirando a los ojos a Fyara, como aceptando en silencio el reto que enfrentaban—, muéstrame el lugar donde tienes los equipos y comencemos cuanto antes.

Se encaminaron hacia el jardín, donde oculta detrás de una serie de árboles y matorrales se hallaba una puerta que daba acceso a un cuarto. Allí estaban todos los equipos.

—Ahora no te voy a dar la clave para tener acceso a este cuarto; no estoy diciendo que no te la daré, es solo que ahora no —aclaró Fyara cuando digitaba la clave en un teclado casi invisible. La puerta se abrió, dándoles paso.

—Entiendo —respondió Lena, sin mayor emoción en sus palabras.

Ya adentro, Fyara le explicó a Lena la forma en que estaban conectados los equipos y sistemas de protección instalados.

—Trabajarás en esta computadora —dijo señalándole a Lena un equipo instalado sobre una mesa—. Está equipada con un sistema que detecta si te están rastreando y el tiempo que tardarán en localizarte. De modo que debemos estar pendientes de nuestros tiempos de conexión.

—Correcto —asintió Lena—, primero traeré el programa decodificador de mensajes que ya dejé listo en mi computadora.

—¿Cuánto tiempo te tomará esto? —preguntó Fyara.

—No más de cinco minutos —respondió Lena, al tiempo que iniciaba sesión en su equipo; luego confirmaron que no estaba siendo rastreado y verificaron que el equipo de Lena no se encontraba intervenido.

—Se nos facilitan las cosas —dijo Fyara—, así que habrá que trabajar más con tu equipo.

—Me sorprende también —repuso Lena—, será más fácil porque por medio de mi equipo tengo acceso a varios módulos del programa principal y no creo que sea problema acceder a los demás módulos. Lo difícil es entrar al servidor del palacio.

No pasaron más de cinco minutos cuando ya tenían la información en su poder, procediendo a instalarla en la computadora que manipulaban. Luego intentaron acceder a los módulos del programa principal, tarea que no les llevó más de treinta minutos. De esta forma pudieron bajar la información que descifrarían con el programa decodificador. Sin embargo, no contaban con que el acceso a estos módulos estaba perfectamente vigilado y que registraba en la bitácora las visitas que recibía, por lo que el reporte de esta visita quedó impreso, mencionando al usuario Lena como visitante.

Una vez que descifraron la información obtenida, tomaron la que en realidad les sería útil, guardándola en un CD y llevándosela con rapidez al doctor Assim.

—Así que aquí está lo que necesitamos —afirmó Assim, preguntándose cómo era posible que en un pedazo de material plástico estuviera el destino de una nación.

—Lo pondremos en la computadora para revisarlo —dijo Fyara mientras Lena insertaba el CD en la computadora y tecleaba las instrucciones necesarias para su reproducción.

Dentro de la información desplegada estaban las posibles ubicaciones de Sadam en caso de bombardeos a la ciudad, aunque sin precisar los días. No obstante, Assim consideró que esto era más que suficiente para llevar a cabo sus planes.

Capítulo 10

14 de enero: El poema

El mismo día 14 de enero, Julio llegó a su casa y encontró un fax enviado por Mohba: «Julio, te envío el texto del poema que escuchamos en el restaurante la última vez que cenamos, y que te gusto mucho. Espero que te encuentres bien de salud, te envío un abrazo, Mohba».

Dos veces me dijiste adiós y dos veces lloré

Demasiadas veces para tan débil corazón

Tu golpe me hizo tambalear y me debilitó

No podía más con tanto dolor

Tuve miedo de no poder avanzar

Y de nuevo retroceder

Una fuerza me obligó a actuar

Y pude con ella reaccionar

Y pienso, según mi razón recupero

Que mi corazón se vuelve cada vez más fuerte

Actúo por fin al sentir de mi conveniencia

Y nunca encontrarás en mí de nuevo inocencia.

Leyó el texto del poema, tomó lápiz y papel y procedió a escribir los dos nombres y a determinar los números que le llevarían a leer el mensaje dentro del texto recibido.

Nombres	N.º en el alfabeto	Diferencia
M	13	
O	15	2
H	8	
B	2	6
A	1	

J	10	
U	21	11
L	12	
I	9	3
O	15	

El cuadro era simple, solo tenía que determinar qué número ocupaban en el alfabeto las letras de los nombres, enseguida restar los números de las letras unas con otras, de dos en dos hasta la última. Una vez efectuadas estas operaciones, se determinaba lo siguiente: la primera palabra le diría cuántos renglones debería saltarse para encontrar la primera palabra y el resultado de las restas le diría el número de la palabra en el renglón que debería tomar en cuenta. Para la palabra final solo debía sumar las dos primeras diferencias, obteniendo lo siguiente:

Primera palabra: dos = número de renglones a saltarse

Dos veces me dijiste adiós y dos veces lloré

Demasiadas veces para tan débil corazón

Siguiente número: 2, palabra 2

Tu golpe me hizo tambalear y me debilitó

No podía más con tanto dolor

Siguiente número: 6, palabra 6

Tuve miedo de no poder avanzar

Y de nuevo retroceder

Siguiente número: 11, palabra 11 o última

Una fuerza me obligó a actuar

Y pude con ella reaccionar

Siguiente número: 3, palabra 3

Y pienso, según mi razón recupero

Que mi corazón se vuelve cada vez más fuerte

Siguiente número: 8, palabra 8

Actúo por fin al sentir de mi conveniencia

Y nunca encontrarás en mí de nuevo inocencia.

Por lo tanto, el mensaje era *golpe avanzar actuar según conveniencia*. En ese instante, Julio comprendió lo que de alguna manera no había visualizado y era lo frágil que comenzaba a ser, ya que dependía de una serie de situaciones que estaban fuera de su control y eso no le agradaba en lo absoluto. Decidió comunicarse con Javier Marínez y lo citó para el día siguiente, en el café de costumbre.

Se saludaron y ocuparon la mesa que ya tenían reservada. Como en otras ocasiones, Julio le solicitó al capitán que una vez les sirvieran lo que habían ordenado, no se les molestara. Así podrían platicar con confianza.

Javier había notado preocupación en la llamada de Julio y estaba un poco inquieto.

—Me llegó este fax de mi amigo Mohba —dijo Julio, entregándole el papel a Javier—. Quiero que por favor te fijes en la parte escrita a mano.

Javier lo tomó y comenzó a leerlo, sin comprender en su totalidad el texto, aunque sí entendió de lo que se trataba.

—¿Y bien? —preguntó.

—¿Y bien? —replicó Julio, levantando un poco los hombros—. Me dice Mohba que el plan para el derrocamiento ya está funcionando, lo que me convierte en una parte peligrosa del plan. Valdría la pena que le comentaras al presidente y, sobre todo, que le hagas sentir que sigo en lo acordado al principio; es decir, no tenemos relación en absoluto respecto a este asunto.

—Bueno, compadre, te agradezco que confirmes tu posición en esto, sin embargo, me gustaría que ahora que platique con el presidente, pudiéramos ver alguna opción de ayuda —le dijo Javier, tratando de que Julio se sintiera acompañado y protegido.

—Te lo agradezco, compadre y te diría que tal vez la ayuda que requiera sea mediante un cambio de personalidad. No sé, quizá la de algún tipo loco que se sacó la lotería y se fue a cumplir su sueño de vivir cerca del mar; en fin, solo son ideas.

—¡Al contrario, me acabas de dar una excelente idea! —exclamó Javier, en tono festivo—, te prometo que la voy a madurar y quién sabe si junto con el presidente le demos forma y podamos hacer algo de veras bueno para ti.

Se despidieron y quedaron en establecer contacto en cuanto tuvieran algo que comentar.

Capítulo 11

15 de enero: La publicación/Ramad

En la edición del 15 de enero del *Washington Post* salió la entrevista que Don le hizo a Julio, anunciándose en primera plana y en seguimiento a las notas antes publicadas. Atraído por la información, Ramad Lion adquirió un ejemplar esa mañana y leyó con mucho interés toda la entrevista. En cuanto terminó, dedujo que no tenía que ir más allá para localizar a Zira, intuyó que el reportero que firmaba la nota debía tener una relación muy estrecha con ella, ya que la información que manejó había sido de primera mano. Entonces, su plan comenzó a tomar forma y lo puso en marcha.

Ese mismo día, Zira marcó el teléfono de Don con la intención de saludarlo y quizás también despedirse. Mientras escuchaba el auricular, se imaginaba a Don contestando del otro lado de la línea y comprendió que en realidad no tenía mucho que decirle. La señal acústica se repitió varias veces sin que nadie respondiera hasta que se oyó la voz de Don en la grabadora, indicando que no se encontraba e invitando a dejar el mensaje. Zira titubeó. «Si ya me voy, no importa que le deje mi número, estoy segura de que no pasará del día de hoy para que me llame», pensó. Así que con voz tranquila y un poco nostálgica comenzó a hablar: «Don, me gustaría que me llamaras, ya que pronto voy a salir de vacaciones. Ojalá pudieras hacerlo el día de hoy».

Terminó, colgó el teléfono y se quedó sentada preguntándose qué pasaría con su vida, que apenas unos días antes tenía resuelta y que en un dos por tres se había transformado de tal modo que ahora estaba escondiéndose bajo otra personalidad.

Pensó: «Si de verdad es tan grave morir, en mi caso no importa, a final de la historia estoy sola».

Sin embargo, había algo que la fastidiaba y la obligaba a continuar adelante, ese «algo» era que le gustaba vivir. Estaba convencida de que la vida era un don para los que la poseían y sin bien hasta entonces no había logrado alcanzar la meta de formar una familia, tampoco se limitaba por no conseguirlo. Disfrutaba todo lo que en su entorno tenía, sentía una gran pasión por el sol, la luna, las estrellas y continuamente se quedaba largos ratos admirando esos astros e imaginándose cómo sería vivir en ellos. Su imaginación no tenía fronteras y por eso mismo pensaba que no había prisión en el mundo que le impidiera ser libre.

Decidió dejar de pensar en tonterías y prometió que lo que iba a vivir de aquí en adelante sería la parte más bonita de su vida, ya que comprendió que de alguna manera ella, y no las circunstancias, había decidido el rumbo que iba a tomar su existencia. Esto la motivaba a enfrentar situaciones nuevas, en nuevos lugares y con nuevas personas.

Cuando Don llegó a su casa, escuchó los mensajes y se sobresaltó al escuchar la voz de Zira. Sonrió cuando terminó el mensaje y fue hasta el teléfono.

—Hola —dijo Zira.

—Hola, ¿sabes que te estás metiendo en camisa de once varas con lo que acabas de hacer? —dijo Don, con un tono de voz entre serio y risueño.

—Me imagino —respondió ella y su cara adquirió un gesto de niña precoz—, pero no quise ir sin despedirme y decirte que me gustaría que no perdiéramos el contacto.

—Claro que no lo perderemos —repuso él—, aunque después será difícil localizarte.

Don tuvo un gesto de extrañeza, ya que realmente no había pensado en la posibilidad de dejar de verla.

—No te preocupes, ya ves que yo no tengo perro que me ladre ni correa que me ate, así que yo te localizaré y te haré saber mi paradero.

—Zira, es muy arriesgado lo que haces. Desde luego, qué bueno para mí que no perdamos el contacto, pero lo que menos yo quisiera en este y en todo momento es que por esta situación corrieras peligro innecesariamente —dijo Don, un tanto apurado y tratando de que su voz transmitiera ese sentimiento de preocupación por algo que podría ser descabellado y tonto.

—Está bien, está bien —asintió Zira, denotando en su voz que en esa discusión no iba a salir victoriosa y que de todas maneras Don tenía razón—, ya veremos qué sucede. Te mando un afectuoso saludo; no me despido, solo te digo hasta luego.

—Hasta luego y te deseo lo mejor —se despidió él.

Luego de colgar, Don continuó preocupado por esa llamada de Zira y de que intentara contactarlo después. Se quedó con muchas preguntas, pero entendió que mientras más rápido colgara menos peligro correría ella.

La noche de ese día, y como si lo hubiera presentido, llegó Bryton donde Zira.

—Buenas noches —saludó Bryton, quedándose parado en el quicio de la puerta.

—Buenas noches —respondió ella—, ¿a qué debo el honor?

Bryton se sintió un poco agredido, ya que el recibimiento no había sido del todo afectuoso, pero solo se limitó a hacer su trabajo.

—Para comentarle que mañana estaremos saliendo a su nuevo hogar, por lo que le suplico que esté lista con todas sus pertenencias a las siete de la mañana.

—Perfecto —respondió Zira—, solo que me gustaría preguntarle hacia dónde vamos.

—No quiero ser grosero, y espero que me disculpe, pero el lugar no se lo puedo decir. Solo le pido que esté lista a la hora que le indiqué —contestó Bryton con la mayor formalidad y seriedad posible.

Zira advirtió que la conversación era de puro trámite y que más nada le iba a sacar a Bryton, así que se encogió de hombros, dio las buenas noches, cerró la puerta y regresó a su recamara para hacer las maletas con las pocas cosas que tenía.

Al día siguiente, a las siete, Zira escuchó un toquido en la casa y comprendió que era la hora de partir. Salió con sus maletas dejando atrás su vida anterior y estirando la mano para alcanzar su nuevo destino.

La casa en la que ella viviría quedaba en medio de un grupo de tres que conformaban el pequeño conjunto ubicado a la orilla del mar. Tenía todas las comodidades y cubría todos los requerimientos que había buscado Bryton. No estaba alejada del pueblo y la rodeaban casas habitadas por personas de diferentes nacionalidades. En Playa del Carmen no era nada extraño ver a algún americano y mucho menos convivir con ellos como vecinos.

A Zira la invadieron una serie de emociones, desde nostalgia hasta satisfacción. El lugar la había maravillado, tanto que su primera noche la pasó casi en su totalidad en el jardín exterior, contemplando la espléndida vista del cielo. Podía observar las estrellas sin mayor esfuerzo debido a la poca luz que se tenía en los exteriores de las casas, lo que proporcionaba suficiente oscuridad como para poder admirar la bóveda celeste; además de lo despejado que estaba el cielo esa noche. Recordó cuando las admiraba en su país al escaparse a algún lugar del desierto para disfrutar sin prisa ni preocupación ese mismo espectáculo que la invitaba a subir a cada una de ellas y ver desde ahí lo que nadie más: la vida, sus esperanzas, sus ilusiones.

Ahí mismo platicó con la luna, su amiga fiel. Se preguntó si convendría hablarle a Don y decirle dónde estaba; si esto la pondría en un riesgo innecesario y sobre todo si pondría en peligro la vida de otras personas. Meditó, escuchó lo que su amiga le comentó y ambas decidieron que le hablarían a Don, solo que lo harían en el momento adecuado, ya que todavía no sabía cómo iba a ser su vida en adelante.

Capítulo 12

15 de enero: El atentado

Después de estudiar las posibles ubicaciones de Sadam para esa noche, decidieron llevar a cabo el plan porque consideraron que era el momento adecuado y que no debían demorar más. Solo esperaban a que llegara el mayor Roff para recibir las últimas instrucciones.

Mientras, en el frente de batalla en realidad no había oposición por parte de Kuwait, por lo que el ejército de Irak avanzaba a pasos agigantados ganando cada vez más terreno. Nadie notó ni dio mayor importancia a los dos camiones blindados que regresaban a Irak. Al frente iba el mayor Roff, quien al mando de estos soldados leales a su causa estaban por llegar adonde cumplirían su cometido. Se quedaron en las afueras de la ciudad para no llamar demasiado la atención y solo el mayor Roff fue con el doctor Assim para ultimar detalles.

—Buenas noches, mayor —saludó Assim, en un tono que Roff no escuchaba desde el día en que se conocieron.

—Buenas noches —respondió el mayor con la seriedad que requería la situación y el saludo militar con el que correspondía dirigirse a un superior.

—Me gustaría preguntarle sobre su accionar en el frente de guerra, pero lo considero innecesario, ya que sabemos que no han tenido mucha oposición. En cuanto a su proceder, no hay nada que cuestionar de su honorabilidad, pues conocemos de sobra su integridad. En vista de que la oportunidad que hemos estado esperando se presenta ahora mismo, iré al grano. Se han descifrado dos posibles lugares en los que pudiera pernoctar Sadam esta noche, uno es el hospital de veteranos y el otro el museo de la ciudad. De manera que habrá que emprender acciones en estos dos frentes —afirmó Assim, haciendo el ademán de que no quedaba otra alternativa.

—Perfecto, tengo a los hombres listos en las afueras de la ciudad, nos dividiremos en dos grupos y realizaremos la doble acción —dijo el mayor Roff, con la entonación necesaria para que los asistentes sintieran que, por lo menos en lo que a él tocaba, se haría sin demoras ni dudas.

—Mayor —interrumpió el doctor Assim levantando la mano indicando el gesto de alto—, creo que no sobra desearle suerte y reiterarle que, en caso de que la acción no se lleve a buen término, estaremos al descubierto.

—Doctor, gracias por los buenos deseos; en cuanto a lo segundo, permítame decirle que como militar sería imperdonable que no tuviera ya planes elaborados para enfrentar cualquier eventualidad.

—Alternativas que no me gustaría conocer —repuso con rapidez Assim, dándole toda la credibilidad a lo dicho por Roff—. En lo personal, no he sido muy partidario de los métodos militares, pero no por eso dejo de reconocer sus utilidades. Sé que con sus acciones estamos en buenas manos y que cualquier decisión que tome será la más conveniente para la causa.

Se despidieron y todos los presentes le desearon suerte al mayor Roff. En cuanto este salió, la habitación quedó en silencio y en el aire se sentía la preocupación y la angustia, porque el plan ya se había echado a andar y nada ni nadie podían detenerlo. Aunque hasta entonces las cosas habían salido según lo planeado, entendían que no había garantía de que siguieran saliendo igual. Esto aumentaba la tensión natural de enfrentar y retar a toda la maquinaria de un país.

Como parte del plan, esa noche se quedaron juntos Assim, Mohba y Fyara, quienes se acomodaron en los sillones de la sala a esperar los acontecimientos. Sabían que sería una larga noche.

En cuanto el mayor Roff llegó a su unidad, lo primero que hizo fue llamar a una reunión a todo su personal. Sus órdenes inmediatas fueron claras: dividirse en dos grupos y atacar por sorpresa. Enseguida les indicó los lugares en los que se presumía se encontraba el objetivo y designó a cada grupo su misión. Él encabezaría el primer grupo, que iría al museo de la ciudad, ya que al estudiar los posibles lugares de pernocta de Sadam, evaluaron las condiciones que se debían cubrir para su seguridad y estimaron que en el hospital estaba muy expuesto, pues había demasiada gente entre médicos, pacientes y familiares; además tenía varios posibles lugares de acceso.

Aunque esas mismas condiciones podrían ser utilizadas para esconderlo mejor, pensando como militar había evaluado que la mejor opción para pernoctar, por la situación que se estaba desarrollando y la cantidad de heridos que pudiera haber en el hospital, era el museo. De entrada tendrían un control total de acceso a sus instalaciones, haciéndose más fácil su protección.

Roff decidió que al mando del segundo grupo iría el teniente Hesel, persona de toda su confianza. Preguntó si alguien tenía dudas y solo hubo silencio. Observó las caras de cada uno de los integrantes y pudo descifrar miedo a lo desconocido, pero confianza al saber y estar convencidos de que lo que estaban haciendo era lo mejor para su país. En cuanto terminó de dar instrucciones salieron los grupos a sus respectivos destinos.

El teniente Hesel miró a la distancia el hospital, ordenó detener el camión y se apearon todos los integrantes del equipo, porque de acuerdo con el plan caminarían las últimas calles, que a esa hora, cerca de las dos de la mañana, estaban vacías debido al toque de queda. El hecho de que solo se veían soldados los favorecía, pudiendo avanzar y llegar sin mayores contratiempos.

Al llegar, se separaron en grupos de cuatro y se dirigieron a los diferentes accesos del hospital a fin de neutralizar a los guardias. Sabían que Sadam se encontraría en el piso 5, así que pronto comenzaría la acción.

El primer grupo llegó a la entrada de la bodega de materiales, en donde estaban tres guardias parapetados tras una trinchera hecha de sacos de arena. En cuanto los vieron venir les marcaron el alto y pidieron su identificación. El grupo se acercó saludando a los guardias y diciéndoles que eran sus relevos, ellos se extrañaron pues sabían que sus relevos no llegarían hasta las siete de la mañana. Decidieron hablar por radio para confirmar el relevo y bastó esa distracción para que el grupo hiciera fuego con sus metralletas con silenciador.

En cuestión de segundos todo terminó para los guardias. Tomaron los cuerpos, los escondieron y uno de ellos se quedó para vigilar mientras los otros tres entraron al edificio. Se dirigieron hacia la subestación eléctrica y el líder del grupo informó por radio al teniente Hesel sobre la acción, quedando listo para el siguiente movimiento.

Las diferentes entradas fueron tomadas sin mayor problema y en un lapso de cinco minutos las guardias del edificio estaban neutralizadas y los grupos en sus lugares. Hesel ordenó de inmediato la siguiente acción, el primer grupo inutilizó la subestación eléctrica, por lo que el edificio quedó en completa oscuridad. La puerta de la escalera del quinto piso se abrió con violencia, entraron muy rápido ocho hombres armados y equipados con lentes de visión nocturna y recorrieron las quince habitaciones del piso sin encontrar resistencia, ante la mirada incrédula y asustada de enfermeras y pacientes. El teniente Hesel entendió que no se encontraba el festejado en esa fiesta y ordenó la retirada del lugar.

Salieron y enseguida le comunicaron lo sucedido al mayor Roff, a quien le informaron que iban al museo para apoyarlo en lo que fuera necesario. Sin embargo, recibieron la instrucción de regresar al frente de batalla, a fin de que si algo les llegaba a suceder en el museo, por lo menos ellos estuvieran a salvo y pudieran retomar acciones.

La orden no le gustó del todo al teniente Hesel, pues quería asegurar el éxito de la misión y el hecho de regresar al campo de batalla lo separaba de ese anhelo. No obstante, sabía que debía seguir con vida para poder llevar a cabo la misión que en este momento no podía terminar. Dio la orden de regresar al camión y volver al campo de batalla. Los hombres se miraron entre sí, pero obedecieron la orden sin preguntar, pues sabían que no podían cuestionarla. La que estaban recibiendo era la adecuada y por eso mismo la acataron sin tardanza.

Mientras tanto, el mayor Roff y su equipo se encontraban cerca de las instalaciones del museo. En efecto, se veía un número importante de militares en las calles aledañas, por lo que el mayor dedujo que ese era el sitio. Cuando avanzaban, se toparon con la primera barricada y tuvieron que hacer alto. Se acercó un cabo y les solicitó identificación. El mayor se bajó del camión y el cabo se cuadró con respeto al ver las insignias. Lo saludó y, excusándose antes, solicitó de nuevo al mayor que se identificara. Roff se identificó y les abrieron paso en el momento en que recibían la comunicación del teniente Hesel, que sirvió para confirmarles que ese era el lugar.

Continuaron su camino hasta llegar a la siguiente barricada, donde, haciendo gala de sangre fría, ordenó que no se detuvieran los vehículos, pasando sin problemas. Al llegar al estacionamiento del museo, giró órdenes a sus hombres. Dos grupos salieron en direcciones diferentes, el primero para neutralizar a la guardia de la entrada de bodegas y el segundo para hacer lo mismo con la guardia de la entrada de activos. El mayor, con otro grupo de hombres, marchó en formación hacia la entrada principal.

—Buenas noches —saludó el mayor, con el saludo militar.

—Buenas noches, mayor —dijo el sargento de guardia, cuadrándose y respondiendo el saludo militar. Al mismo tiempo, los otros cuatro guardias se pusieron de pie y se cuadraron ante el mayor.

—Traigo a los hombres de relevo para esta guardia, así que por favor pasen a formar fila. Sargento, haga entrega del puesto al relevo.

Al igual que los guardias del hospital, al sargento le pareció raro el cambio de guardia a esa hora, la diferencia era que las órdenes en esta ocasión las estaba dando un oficial de alto rango, ante el cual cualquier duda quedaba despejada. Ordenados, sin mayores aspavientos, se realizó el cambio de guardia, haciendo entrega del puesto y pasando a formar fila los guardias relevados.

Durante este tiempo, el mayor solo esperaba a que le confirmaran el éxito de las operaciones de los otros dos grupos, por lo que no tenía prisa en que se terminara el cambio de guardia. Mientras, el primer grupo llegó a la entrada de bodegas y el capitán Samir indicó el cambio de guardia, dejando a tres de sus hombres. Los soldados relevados pasaron a tomar posición, sin darse cuenta de que de forma deliberada la fila se había alineado de tal forma que se tuvieron que formar intercalados, con un hombre adelante y otro atrás.

En cuanto tomaron posición, el capitán hizo un leve ademán que solo entendieron los hombres de su equipo, quienes con un movimiento rápido dispararon con las pistolas de dardos a los guardias que se acababan de formar. Debido a la potencia de los tranquilizadores que les acababan de suministrar, ni siquiera tuvieron tiempo de sentir el mareo previo al largo sueño que pasarían. Los que se encontraban delante de ellos se voltearon, los agarraron para evitar que cayeran y los fueron metiendo en sacos, colocándolos como parte de la barricada. De esta manera estarían escondidos en caso de alguna visita imprevista. Apenas estuvieron listos, el capitán Samir le informó por radio al mayor Roff.

—Aquí corredor, primera meta alcanzada —escuchó en la radio el mayor Roff, quien miró su reloj y notó que estaban dentro del tiempo previsto. Solo le quedaba continuar esperando los siguientes reportes.

El segundo grupo llegó a la entrada de activos y, ejecutando el mismo trabajo que el primer grupo, tomó el control de la entrada, informando sin demoras al mayor Roff.

—Aquí caminante, primera meta alcanzada. —Otra vez el mayor miró el reloj y ordenó a sus hombres entrar al edificio, respetando la formación. En la entrada estaba otro grupo de seis guardias, quienes se levantaron y saludaron al mayor, solo que en lugar del saludo fueron encañonados junto con los guardias relevados de la entrada. Una vez dormidos, amordazados y atados de manos y pies los metieron en la habitación usada para guardar las cosas de aseo. El mayor informó a los grupos externos.

—Aquí líder en marcha, segunda meta.

Sin perder tiempo, los dos grupos abrieron las puertas de las entradas y entraron al museo.

El grupo del capitán Samir se dirigió a la planta de luz del edificio y procedió a neutralizar la corriente eléctrica, dejando con energía eléctrica solo los elevadores.

—Aquí corredor, listo para el *sprint* —comunicó Samir por radio tanto al mayor como al segundo grupo que ya se encontraba listo en los elevadores de servicio.

—Muy bien —respondió el mayor—, en cuanto diga cambio contaremos quince segundos. Entonces procede corredor al *sprint* y caminante y líder llegan a su nicho. Cambio.

El grupo del mayor Roff subió por las escaleras y se apostó a la puerta del segundo piso. El segundo grupo ascendió por el elevador, llegando justo a la cuenta de quince segundos. La puerta se abrió y la oscuridad los hizo colocarse los lentes de visión nocturna. Junto con el grupo del mayor Roff, entraron al segundo piso, ubicaron a tres grupos de guardias en el corredor y los eliminaron de forma rápida y silenciosa, apoyándose en la ventaja de la oscuridad. Estaban a punto de efectuar la siguiente acción, cuando la potente luz de unos grandes reflectores los cegó.

—Mayor Roff, mayor Roff, no lo creí tan tonto para llevar a cabo una acción así —dijo el general Rahid, con un tono de voz entre triunfante y decepcionado—. Le confieso que cuando me dijeron lo que iba a pasar, no podía aceptarlo. Sin embargo, aquí estamos, en esta penosa situación.

El mayor Roff y el resto de su equipo se quitaron los lentes y poco a poco se fueron acostumbrando a la luz. Mientras escuchaba al general Rahid, el mayor se iba percatando más aún de la crítica situación.

—Como comprenderá, mayor, ahora no estamos para contemplaciones con los traidores a Sadam. Volteó y asintió con la cabeza, en ese instante comenzaron a escucharse ráfagas de metralleta seguidas de gemidos y quejidos. Roff prefirió cerrar los ojos y esperar parado la muerte, como supuso que estaba aconteciendo con el resto de su equipo.

Pasaron algunos segundos, que al mayor se le hicieron eternos. Por su mente comenzaron a pasar instantes de su vida, pensó cómo con gran orgullo había decidido ser militar de su país y cómo con gran tristeza tuvo que aliarse con otros compatriotas para derrocar a un Sadam que estaba cometiendo muchos errores, llevando a su adorado país a una ruina de la que muy pocos lograrían salir.

De repente, dejaron de escucharse los disparos y el mayor Roff seguía de pie con los ojos cerrados. Comprendió que nada le había sucedido y volvió a oír la voz del general con un tono paternalista y burlón.

—Mayor Roff, qué pena que tuvieran que morir sus hombres, justo a sus pies, y lo más triste es que usted los trajo a su tumba. En fin, dejémonos de cursilerías y vayamos a lo que en verdad importa.

Mientras el general hablaba, Roff recuperó la visión y se vio rodeado de los cuerpos inertes de sus soldados. Se sintió realmente culpable de sus muertes y. pese a que estaba preparado para ver este tipo de cuadros, lo que había sucedido sobrepasaba cualquier duro entrenamiento que hubiera recibido.

—Sabemos quiénes son las personas involucradas con usted en este asunto, así que no será necesario, ni se lo pediré, que me indique sus identidades. Sin embargo, por respeto al tiempo que servimos juntos y a la amistad que en algún momento nos profesamos, permítame a preguntarle ¿por qué? Quisiera escucharlo con sus propias palabras —se expresó el general con un tono de regaño y reproche a la vez.

—General, mis razones son muchas y válidas para mí —empezó a responder Roff, con la voz hueca y sin matices de emoción, después de tragar saliva y de mojarse los labios con la lengua—, me llevaría mucho tiempo el tratar de exponérselas, solo basta con que le diga que no estoy arrepentido de lo que hice y que si tuviera la oportunidad de volver a hacerlo, no lo dudaría ni un segundo. Quiero demasiado a mi país como para soportar lo que le está pasando. ¿No es irónico?, ustedes me enseñaron a querer a mi país y ahora parece que son sus peores enemigos, ya que están defendiendo a una persona y no a un país.

—Es cierto, mayor —repuso el general, exhalando largamente—, como usted lo plantea se ve muy simple y de ese modo yo le daría la razón; solo que no se le olvide que además tenemos que defender a las instituciones y Sadam es nuestra primera institución, nos guste o no. Ahora bien, por lo que veo, caeríamos en una seria discusión de la cual nadie saldría victorioso, porque tenemos diferentes puntos de vista. Sin embargo, como último reconocimiento a su carrera, y esto lo hago a título personal, quiero darle la oportunidad de resarcir su error como un verdadero militar que es.

—Le agradezco este gesto y quiero que considere que, fuera de estas circunstancias, yo le seguiré teniendo el respeto y admiración que usted siempre me ha merecido —dijo el mayor Roff, cuadrándose y haciendo el saludo militar.

Acto seguido, desenfundó su calibre 9 mm, se la colocó en la boca y accionó el gatillo, quitándose la vida de forma instantánea.

Dentro de las opciones que el mayor le comentó al doctor Assim, el suicidio era una de ellas, solo que se había llevado con él la intranquilidad de no saber si lo que le había dicho el general, en cuanto a conocer la identidad de los demás, era cierto. Por lo demás, ya muerto se le notaba tranquilo, quizás porque se sabía junto los integrantes de su equipo y cuando menos no había quedado vivo para tener la carga moral por el resto de sus días.

El general Rahid ordenó que los cuerpos fueran recogidos y dio instrucciones para que el cuerpo del mayor Roff se llevara en un vehículo aparte, ya que lo haría pasar como muerto en acción. A los demás cuerpos se les preparó y se les acercaron algunos letreros para luego grabarles videos.

Mientras esto sucedía, el teniente Hesel trataba en vano de comunicarse con el mayor Roff para preguntar cuál era el estatus de la misión; solo se escuchaba estática en la radio. Seguían por las calles cuando el camión fue detenido por la explosión de un misil muy cerca de él. Fue rodeado por soldados y se acercó un mayor que les ordenó a los integrantes del grupo que se bajaran. Fueron formados en fila y fusilados en forma sumaria. Las ráfagas de metralleta rompieron el silencio de la noche y se escucharon como un anuncio de que algo no había salido bien y como un gemido que expresaba un dolor profundo. Así se quejaba un país, bajo el silencio de la noche.

Los cuerpos fueron subidos al mismo camión y transportados cerca del frente de guerra, se roció el camión con gasolina y se le prendió fuego, por lo que cualquiera supondría que había sido atacado por el enemigo.

Afuera de la casa del doctor Assim se vivió una actividad nunca vista, llegaron dos camiones de soldados que rodearon la casa y entraron sin miramientos, solo que no encontraron a nadie y salieron con las manos vacías. Lo mismo sucedió en las casas de Mohba Levin y de la ingeniera Fyara, que fueron cateadas por soldados pero sin hallar a nadie.

* * *

Cuando salió el mayor Roff de la reunión, Assim, Mohba y Fyara habían decidido esperar las noticias, solo que a los cinco minutos escasos tocaron a la puerta. Era Zonja, hermano de Lena Zadd.

—¿Qué se le ofrece? —preguntó Mohba, preocupado, ya que no era común que personas diferentes al grupo acudieran a ese domicilio.

—Buenas noches —saludó Zonja, con la voz entrecortada y la respiración agitada, se notaba que había corrido una buena distancia—, soy hermano de Lena y tengo instrucciones precisas de ella.

Al escuchar, el doctor Assim, presintiendo algo malo, se levantó del sillón y se acercó a la puerta lo más rápido que pudo.

—Buenas noches, pase usted, por favor —dijo, invitando a pasar a Zonja.

Entró y con rapidez estudió la distribución de la casa, ubicando cualquier otra salida diferente a la puerta, en caso de cualquier emergencia.

—No se preocupe, amigo, creemos estar a salvo —comentó Assim al detectar situación.

—No me preocupo, solo me prevengo —repuso Zonja—, Lena me pidió que solo hablara con el doctor Assim.

—Estoy a sus órdenes.

—Antes quisiera que me probara que usted es quien dice ser —solicitó Zonja.

—Bueno —respondió el doctor, sabiendo que Zonja estaba tomando sus precauciones, alabándolo por eso mismo—, si usted fuera Lena yo sé que pediría sus vacaciones para Cancún, en el Caribe mexicano.

Zonja se destensó, pues en efecto Lena le había dicho que el doctor le diría eso sobre ella, ya que en repetidas ocasiones ella le había hablado sobre su verdadero deseo de conocer ese lugar.

—Bien, Lena me pidió que le diera este mensaje: «Me tomaron por sorpresa y no pude escapar, así que corren peligro». No me dijo nada más y no puedo responderles ninguna otra pregunta.

Mientras hablaba, Zonja metió la mano al bolso del pantalón y sacó una cápsula con veneno, se la llevó a la boca y se la tragó. Los presentes apenas estaban digiriendo el mensaje, por lo que no reaccionaron lo bastante rápido como para evitarlo.

—Rápido, un vaso de agua con sal —gritó Assim.

—Por favor —dijo Zonja mientras se recostaba en un sillón.

Miraba fijo hacia al techo, consciente de que en verdad estaba mirando al cielo, como pidiendo perdón por lo que acababa de hacer y rogando que se abrieran las puertas para que se le dejara entrar.

—Permítanme servir a mi país con honor, mi hermana ya dio su vida, así que ofrezco la mía sin temor ni remordimiento —murmuró en voz baja.

Todos se quedaron quietos, escuchando el rezo que débil emitía y mirando cómo se le iba escapando la vida.

—Debemos actuar —dijo Assim, aclarándose la garganta y respirando profundo.

En ese instante los invadía una sensación de culpabilidad por haber visto morir a un compatriota por ideales que no supieron si también los había hecho suyos.

—¿Ustedes creen que también debemos morir? —preguntó Fyara, con la mirada perdida pero sin quitar los ojos de Zonja.

—No lo sé —respondió Mohba, moviendo la cabeza en sentido negativo—, habrá que sopesar lo que pasó y nuestras posibilidades futuras, en caso de seguir con nuestros ideales.

—Está bien lo que ambos comentan —intervino Assim—, solo que yo creo que no tenemos tiempo para pensar. Tomaremos acción del plan de escape y saldremos del país, pero en lugar de irnos a refugiar en Francia, nos iremos al Caribe mexicano.

Se quedaron callados y pensativos durante no más de diez segundos, lapso que les permitió recorrer sus vidas hasta ese momento y, sin necesidad de decírselo unos a otros, todos concluyeron en que nadie dejaba nada atrás. Así que con libertad podían empezar nuevas vidas.

Según su plan de escape, cada uno tenía documentos falsos con otra identidad. Assim había sacado de la caja fuerte los tres de ellos y había quemado los restantes, salieron de la casa, quitaron el cubrecoches y subieron al coche que ya estaba a nombre de la nueva personalidad del doctor. Avanzaron por las calles de Bagdad y salieron rumbo a Israel por las rutas previamente trazadas a través de las montañas para evitar los retenes militares.

A la noche siguiente, estaban abordando un vuelo de Tel Aviv a París, para luego tomar otro a la ciudad de México y de allí el último a la ciudad de Cancún.

16 de enero: Noticia mundial

Al día siguiente, la noticia del atentado a Sadam Huseín ocupaba las primeras planas de los periódicos y encabezaba las informaciones de los más importantes noticieros del mundo. Se mostraban imágenes de los cuerpos de los fallidos asesinos, colgados todos de los pies, con las manos atadas a la espalda y algunos con letreros de «cerdos», «yanquis», «traidores» y otros diversos adjetivos que indicaban el repudio de su acción.

En la Casa Blanca, durante una reunión de emergencia con su gabinete, el presidente de los Estados Unidos le pedía al director de la CIA informes sobre dicho atentado.

—Señor presidente —decía John Cook, director de la agencia—, es muy penoso para mí comunicarle que nosotros no teníamos ningún conocimiento de que se estuviera fraguando alguna acción de este tipo; es más, también nos tomó por sorpresa. Ya se dieron instrucciones precisas a nuestros agentes en Irak a fin de que nos den más información sobre estos rebeldes.

—La situación es realmente mala —comentó el general Armor Howin, secretario de Defensa—, en estos momentos en que estamos pidiendo a Irak su retirada inmediata y sin condiciones de los territorios de Kuwait, se presenta un atentado fallido en contra de Huseín, que nos plantea dos problemas: primero, querrán colgarnos a nosotros el milagrito, y segundo, esto de alguna manera fortalecerá a Sadam y se volverá más irracional.

—En efecto —dijo el presidente—, debemos dejar bien claro que nosotros no tuvimos nada que ver con este asunto, porque de lo contrario las naciones aliadas tendrán sus reservas para darnos su apoyo en caso de cualquier conflicto con Irak. Se podrían sentir utilizadas en el sentido de que mientras les estamos solicitando su apoyo, estamos por otro lado tomando acción en contra de Sadam Huseín. De manera que tendremos que hacer lo que sea necesario para limpiar nuestro nombre de este asunto y sobre todo sacarle el mayor provecho.

—Señor —intervino Cook—, tenemos bajo el programa de protección a testigos a la señorita Zira Mahouk, que como usted sabe era la secretaria particular de Sadam. Ella fue la que nos proporcionó la información sobre las reservas petroleras de Irak y de los planes de invasión a Kuwait. Lo malo de esto es que también se puede pensar que nos dio informes suficientes para llevar a cabo este atentado.

—Es preocupante la situación, ¿qué podemos hacer para no vernos inmiscuidos más de lo que ya estamos con esta testigo? —preguntó el presidente.

—Podemos prescindir de la señorita Zira —contestó Cook—, no digo que la debamos eliminar, podemos retirarle la protección y hacerlo de tal forma que se vea que ella actuó bajo su propio riesgo al pasar esta información.

—Y entonces, ¿qué sucederá con ella? —pregunto el presidente.

—Bueno, que los iraquíes la localizarán y dispondrán de ella como mejor les parezca.

Estas palabras fueron el prólogo de un largo silencio, ya que «disponer de ella como mejor les parezca» era el equivalente a una sentencia de muerte.

Dos horas más tarde, después de la reunión con el presidente, John Cook se encontraba sentado con Don Zeick y le estaba comentando sobre las acciones que se tomarían. La respuesta de Don no se hizo esperar.

—No es posible que se tome esta determinación —dijo Don en tono colérico—, se le prometió a Zira total apoyo y protección a cambio de su información. Podemos demostrar que en lo que se refiere a las ubicaciones secretas de Sadam ella no nos dijo nada.

—¿Podemos demostrar? —preguntó John.

—Así es —respondió Don, todavía agitado por el coraje que experimentaba—, tenemos las grabaciones originales y en ellas no se dice nada que refiera a las ubicaciones.

—Grabaciones —murmuró Cook—, desafortunadamente todavía eres muy romántico Don y ojalá nunca pierdas ese romanticismo. Tú sabes que en la actualidad las grabaciones pueden ser manipuladas y para demostrar que no fueron alteradas necesitaríamos un tiempo que, dadas las circunstancias, no tenemos. Por eso es que se está tomando esta decisión, que, por motivos éticos, te estamos informando.

Don se quedó pensativo y aceptó que la prueba de las grabaciones no era en esa oportunidad la mejor arma que pudiera tener, por lo que rápido comenzó a pensar sobre la mejor manera de ayudar a Zira.

—Bueno, esto que van a hacer supongo que será de forma inmediata, por lo que no te solicito, te exijo que me des una serie de elementos que te voy a pedir a fin de poder proteger personalmente a Zira.

Empezó a escribir una lista de peticiones que le dio a Cook, quien al mirarla con un dejo de preocupación y admiración le confirmó a Don que se las cumpliría.

* * *

Julio recibió muy temprano una llamada de Javier, quien lo citaba para verse en una hora para platicar.

Una hora después, estaban sentados desayunando y conversando.

—Bueno, compadre —dijo Javier, haciendo notar que esta vez la conversación comenzaría diferente a las demás. Continuó hablando mientras untaba mantequilla a su rebanada de pan— he hablado con el presidente y comenta que la situación está de veras muy preocupante y lo que menos quiere es que se nos ligue de manera alguna con el conflicto que se está viviendo en

Irak. Me dio instrucciones para entregarte una fuerte cantidad de dinero y, si acaso quisieras salir del país, facilitarte los trámites para que no tengas ningún problema. Además te pide que lo entiendas y que no creas que te está dando la espalda, al contrario, tratará de ayudarte lo mejor posible para que no salgas lastimado.

—De alguna manera yo estaba consciente —repuso Julio, dejando a un lado la cuchara con la que se acababa de servir azúcar—, del riesgo que iba a correr al ser partícipe de este asunto. Dile al presidente que me doy por bien servido con su oferta, ya que tal vez para él hubiera sido más fácil desaparecerme de la faz de la Tierra y, sin embargo, está corriendo otros riesgos por no dejarme de lado, con sinceridad lo agradezco. Ahora bien, ¿de qué forma haremos lo demás?

—Bueno, yo creo que lo más fácil será, en principio, darte el dinero en efectivo. En segundo lugar, darte otra identidad para que puedas moverte sin problemas.

Javier hablaba con la boca llena, acababa de darle una mordida a su pan con mantequilla y le había puesto azúcar en exceso, tratando de borrar el sabor amargo que le dejaba el tema sobre el que estaban platicando.

Continuaron desayunando en silencio, ya que no había mucho que decir después de lo acontecido.

Salieron del restaurante y fueron a la Secretaría de Relaciones Exteriores, donde, sin mayor trámite, le extendieron un pasaporte a nombre de Armando Rodríguez Rosales. Acto seguido, se fueron a la Secretaría de Gobernación, donde le extendieron una acta de nacimiento y credencial de elector. Enseguida se fueron a la Secretaría de Educación Pública y allí le extendieron un título y cédula profesional al mismo nombre.

Horas después, ambos estaban frente a frente en la entrada de la casa de Julio, despidiéndose tal vez con el adiós definitivo.

—Bueno, compadre —dijo Javier con un gesto de conformidad—, yo creo que en esas tantas veces que nos dijimos adiós debimos habernos dicho hasta luego, ya que ahora sí pudiera ser un adiós definitivo.

—Es cierto, compadre —asintió Julio con el tono de voz que tendría una persona a la que le hubieran informado que sería despedida de su empleo—, no creo que sea conveniente que nos volvamos a ver, por lo menos durante un buen tiempo. De hecho, tú conoces mi nueva identidad, pero no conocerás mi nueva ubicación, para tu mayor seguridad. Créeme que si las cosas llegaran a componerse y el tiempo nos da la oportunidad, yo te buscaré y estaré muy contento de volverte a ver.

—Ya lo creo que sí —afirmó Javier, aceptando la esperanza que le planteaba su amigo—, el tiempo es la mejor cura de muchas enfermedades y considero que en este caso no será la excepción, estaré esperando tu llamada.

Se fundieron en un abrazo y solo ellos supieron en ese instante lo que estaban dejando atrás. Javier subió a su coche y se fue escuchando en la radio a John Cougar Mellecamp con la canción *Hurts So Good*. No podía ser de otra manera.

* * *

En un cuarto del Hotel Reforma, en la ciudad de México, Ramad escuchó atónito la noticia del atentado. Tras realizar una serie de investigaciones en Washington sobre el paradero de Julio César Beranza, había decidido viajar cuanto antes para localizar a Julio y «platicar» con él respecto a su trabajo en Irak.

Desde luego, la noticia que escuchaba cambiaba por completo sus planes, ya que a ciencia cierta desconocía la suerte de Sadam. Dadas las circunstancias, decidió regresar para estar disponible a cualquier instrucción que le pudieran dar. Tomó el primer vuelo que encontró y volvió a Washington. En el vuelo revisó sus planes, hizo algunas modificaciones y solo le quedó llegar para llevarlos a cabo.

17 de enero: Nuevas identidades

Julio se levantó muy temprano y lo primero que hizo fue ir al banco que le había recomendado Javier. Se identificó ante el gerente, quien ya lo estaba esperando. Canceló la cuenta de cheques que tenía a su nombre, liquidó sus tarjetas de crédito y abrió una nueva cuenta a nombre de Armando Rodríguez R. Ahí mismo, recibió dos tarjetas de crédito, que le servirían de ahí en adelante, incluso para pagos en el extranjero.

En cuanto salió del banco, fue hasta un lote de autos y vendió su coche, recibiendo el pago en efectivo. A continuación, fue hasta otro lote y adquirió un auto a nombre de Armando Rodríguez R.

Una vez resueltos estos asuntos, regresó a su casa, empacó poca ropa y, llevándose todos sus recuerdos, se subió con su nueva identidad a su nuevo coche. Se enrumbó por carretera hacia el sur del país, sin saber a ciencia cierta cuál sería su destino.

* * *

Ese mismo día, Don esperaba en el aeropuerto de Washington el vuelo de American Air Lines que lo llevaría a Houston, primero, y de ahí tomaría otro que lo dejaría en la ciudad de Cancún, en México. Había hablado con Zira por teléfono y le había pedido que lo recogiera en el aeropuerto porque tenía urgencia de platicar con ella.

Mientras Don volaba, Ramad se había levantado con la clara idea de localizarlo y precipitar las cosas. Llegó a la casa y tocó a la puerta, no recibió respuesta y decidió entrar. Sacó de su cartera una ganzúa y, aunque con ligeros inconvenientes, abrió las dos chapas que aseguraban la puerta. Vio todo en perfecto orden al entrar, así que recorrió el lugar con mucho sigilo. Entró a la sala, comedor, cocina y al final a la recámara; le llamó la atención la pequeña maleta de viaje sobre la cama. Fue al closet y con facilidad se percató de que había salido de viaje, pues había varios ganchos vacíos y los cajones estaban desarreglados. Revisó el refrigerador y notó que se encontraba surtido, por lo que infirió que había salido de urgencia y que tenía la intención de regresar en corto tiempo. Vio la grabadora del teléfono, se dispuso a escuchar los mensajes y casi da un grito al escuchar el mensaje de Zira.

«Hola, Don, habla Zira. Te preguntarás por qué te estoy llamando; sobre todo, también me dirás que al hacerlo estoy poniendo en peligro mi vida. Tienes razón, solo que anoche tuve una plática muy larga con una vieja amiga mía y quedamos en que te llamaría, que no importaba que corriera riesgo si valía la pena. Lástima que no estés, así que por favor en cuanto puedas llámame al 205-40, playa del Carmen, Quintana Roo, México. Espero tu llamado, adiós».

Ramad se sintió en ese instante el hombre más afortunado del mundo, ya que de golpe y porrazo se le abrían las puertas para llevar adelante su cometido. Sabía que su lugar dentro del departamento de inteligencia iraquí mejoraría de manera notable. Por lo demás, no tendrían que saber la forma en que se dieron las circunstancias para lograrlo, pues al momento de rendir su informe sobre el caso, iba a mencionar cosas que nunca pasaron y que resalten más su labor.

Salió de la casa de Don y se llegó hasta el aeropuerto a comprar dos boletos para la ciudad de Cancún. En esta ocasión iba a requerir la ayuda de Enion, otro agente iraquí. Al final consiguió pasajes vía ciudad de México, pues no pudo hacerlo de otra forma. Los pagó y se propuso localizar a Enion para que se alistara para el trabajo.

* * *

Zira se preparaba para ir al aeropuerto a recibir a Don. De pronto se dio cuenta de que no tenía cómo ir por él, por lo que salió a buscar a Bryton para solicitarle que la llevara al aeropuerto. Se acercó a la casa que Bryton tenía asignada y tocó la puerta. Al no recibir respuesta, habló con voz fuerte.

—Bryton, ¿está usted ahí?

Siguió sin tener respuestas, por lo que decidió girar el picaporte de la puerta sin conseguir abrirla. Entonces dio una vuelta alrededor de la casa y notó que no había nadie y que no estaba ninguno de los vehículos en las otras casas. Pensó que tal vez Bryton había salido de compras, pero le llamó la atención que no se lo hubiera comentado. Decidió rentar un vehículo para acudir al aeropuerto a recibir a Don.

En la agencia, la joven encargada de atenderla se mostró muy atenta, por lo que no tuvo mayor inconveniente para rentar el vehículo. También solicitó un mapa para llegar a la ciudad de Cancún y regresar sin problemas. Salió de Playa del Carmen hacia el aeropuerto de Cancún y condujo por la carretera, cuyo mayor tramo es recto. El viaje resultó seguro a pesar del tráfico que había.

Cuando el avión aterrizó en Cancún, Zira esperaba a Don en la sala de espera, preocupada por la llamada que recibió de él y también porque al salir de su casa había notado que los agentes que tenía asignados no estaban. Recordó lo fácil que había sido rentar el carro para ir a Cancún. Algo pasaba y eso la tenía inquieta.

En la puerta de salida vio aparecer a Don y caminó hacia él para darle la bienvenida.

—Bienvenido al paraíso —dijo Zira abrazando a Don.

—Gracias —respondió Don, volteando de forma instintiva hacia todos lados, como si buscara a alguien.

—Me intranquilizó tu llamada —dijo Zira, volteando también, tratando de ver qué era lo que buscaba Don.

—Perdóname, pero el asunto que me trae es de suma importancia —explicó Don—. Te pido, por favor, que si no tienes inconveniente nos retiremos en este instante. Vamos a tu casa y en el camino platicaremos.

—¿No traes equipaje? —preguntó Zira.

—Solo traje lo esencial por la premura de la visita, si requiero algo aquí lo compro.

La tomó del brazo y caminaron hacia el estacionamiento. De vez en vez, Don volteaba hacia todos lados con cara de preocupación, Zira advirtió la situación y lo justificó por claras razones.

—¿En dónde están los agentes que te deberían estar cuidando? —preguntó Don dentro del auto, camino a Playa del Carmen.

—Fíjate que esta mañana salí de la casa para recogerte —contestó Zira sin perder de vista el camino— y no estaban en su casa, lo que me llamó la atención porque incluso pude salir con total libertad y rentar este vehículo. Supuse que habían salido de compras.

Don comprendió que la habían dejado sola y se felicitó por haber decidido estar con ella en tan corto tiempo.

—¿Pasa algo? preguntó ella al notar el silencio y la actitud de Don.

—Zira, anoche tuve una plática con John Cook —empezó a explicar Don, intentando que su voz sonara lo más tranquilizadora posible—, el director de la CIA, y él me informó, atendiendo a una vieja amistad y tratando de liberarse de una carga moral, que debido al fallido atentado contra Sadam Huseín, mi país necesita dejar bien claro que no han tenido nada que ver con lo sucedido.

»Por eso tienen que romper con cualquier asunto que siquiera insinúe que están inmiscuidos. En este caso, tú eres ese «asunto», por lo que decidieron que no te darían más la protección que te habían prometido, ya que seguir haciéndolo significa que nos proporcionaste la información suficiente para localizar a Sadam e intentar asesinarlo.

Zira escuchaba en silencio, pero en cierto modo no la sorprendían aquellas palabras. Había escuchado en los noticieros sobre el intento fallido de asesinar a Huseín y comprendió que la ligarían por su cercanía con él; lo que no sabía era cómo ni cuándo iba a suceder.

—Mira Don, no sé si ponerme triste o asustarme. La verdad es que desde que decidí aceptar la protección de tu país a cambio de información, lo que en realidad estaba reconociendo era que mi cuenta regresiva empezaba; así que no te apures, la que va a morir soy yo, ¿qué más puede pasar? —aseveró Zira con un dejo de desinterés.

—¿Cómo me pides que te deje morir? —La recriminó, levantando la voz—. Yo te puse en este camino y, por lo tanto, lo caminaré contigo si es necesario hasta que termine para los dos, porque si algo tengo es que soy persistente. Déjame decirte que no tengo planes de morir pronto, así que tendremos que pensar rápido qué vamos a hacer para caminar sin tropiezos.

Zira se congratuló en silencio al escucharlo, confirmó que no se había equivocado al tomar la decisión de llamarlo. La única manifestación de alegría que tuvo fue apretar más fuerte el volante del auto, lo que pasó inadvertido para Don. Igual hubiese pasado con cualquier otra persona, pues solo se notó que los nudillos de las manos se tornaron blancos. Además, Zira no se permitía mostrar sentimiento alguno, más allá de lo que demandaba la situación.

El resto del camino cruzaron apenas algunas palabras, ya que no tenían deseos de abundar en el tema. Mientras Zira se concentraba en el camino, Don observaba la naturaleza e imaginaba a los seres vivientes que habitaban la interminable espesura, incluyendo a las personas que a diario, cada cual a su manera, luchaba por sobrevivir. Él mismo se sintió como uno de esos seres vivientes, pues a partir de ese día estaba entrando en una selva diferente y tendría que sobrevivir cada día.

Esta sensación de tener que luchar ya no por el trabajo, sino por la vida, le produjo un escalofrío en el cuerpo. Se le erizaron los vellos de los brazos y, por instinto, movió las rejillas de salida del aire acondicionado, orientándolas hacia un lado para que no le pegara el aire directamente.

—¿Quieres que le baje la potencia al aire acondicionado? —le preguntó Zira al darse cuenta.

—No, gracias —contestó él sin voltear a verla.

Llegaron a Playa del Carmen y hábilmente Zira condujo hasta la oficina en donde había rentado el vehículo.

—Vamos a pasar primero a entregar el vehículo, ¿o deseas que no lo devuelva para tener donde transportarnos unos días?

Don le respondió que no lo devolviera, ya que lo necesitarían para moverse, aunque no planeaba estar muchos días ahí.

Se movieron de la agencia a la casa de Zira. Don dejó su maleta en la sala apenas entró y empezó un recorrido por toda la casa para ver las condiciones de seguridad que presentaba. No observó nada especial y entendió que la seguridad no la iba a dar la casa, sino el personal del gobierno de los Estados Unidos que habían asignado.

Salió a dar un paseo por el predio que ocupaban las tres casas del conjunto y constató que en efecto las otras dos casas vecinas estaban sin moradores. Concluyó que el lugar ya no presentaba ninguna seguridad y sintió rabia al entender que una cosa es saber que ya no están y otra verlo con sus propios ojos. La sensación de vulnerabilidad que experimentó lo ayudó a decidir, para evitar cualquier riesgo, que se trasladarían a un hotel hasta idear un mejor plan.

Mientras Zira hacía sus maletas, platicaban sobre la vida en Playa del Carmen. Ella le comentó que era un lugar muy placentero, que la vista del mar por las mañanas era espectacular y que era difícil dejar de sorprenderse cada mañana. Aunque por referencias ya sabía del lugar, nunca había tenido la posibilidad de viajar; por lo tanto, estar ahí era como un sueño.

«Sin embargo, como se están desarrollando las cosas, el sueño podría convertirse en pesadilla», pensó Don.

Un poco para alejar estos pensamientos y otro tanto para cambiar de tema, porque se la imaginó a ella pensando lo mismo, le preguntó a Zira sobre la comida. A través de aquella plática descubrieron que nunca habían tenido la oportunidad de conversar de esa forma, pues las veces que lo hicieron en Bagdad fueron bajo el formalismo laboral. A pesar de que se sentían cómodos en todas sus citas, ellos sabían que eran producto del trabajo y por ello el ambiente nunca pasó a ser tan informal como lo estaba siendo entonces. Platicaron sobre arte, libros, música e incluso coincidieron en gustos. Eso los relajó más y les permitió un mayor disfrute de la plática y del momento. Si hubieran podido leerse las mentes, se hubiesen percatado de que estaban muy relajados, olvidando por un rato el clima de tensión que estaban viviendo.

Caminaron al hotel y llegaron en alrededor de quince minutos. Se dieron cuenta de que esta era otra de las maravillas del lugar, todo estaba cerca, no había que desplazarse tanto para estar donde necesitaran estar. Observaban cómo los saludaban las personas con las que se cruzaban y Don comenzó a analizar este aspecto, ya que de algún modo esto podría ser también una desventaja. Entonces decidió que debía preparar un plan a cortísimo plazo para cambiar de lugar a Zira, sobre todo porque ya no tendría el apoyo de su gobierno. Lo más sensato era ir a un lugar más grande donde pudiera pasar desapercibida.

* * *

Después de tres días de viaje por carretera, Julio llegó a Playa del Carmen y se hospedó en el hotel para darse un merecido descanso. Las dos noches anteriores había estado en la ciudad de Villahermosa, donde pudo disfrutar de su rica comida y excelente hospitalidad. La primera noche solo tomó una cena ligera en el hotel y se fue directo a la cama, pues el viaje lo había cansado. A la mañana siguiente, después de un abundante desayuno, quiso caminar por el parque Tabasco y recorrer la orilla de la laguna para observar los cocodrilos de pantano, la especie *Crocodylus Moreletii*, en particular al que llaman Papillón. Una leyenda urbana cuenta que este cocodrilo escapó del zoológico del parque y es muy común verlo en la laguna, donde llama la atención por su gran tamaño.

Después de la vuelta por el parque, Julio regresó al hotel a refrescarse, pues el calor y la caminata lo hicieron sudar copiosamente. Ya en la habitación, pensó en la posibilidad de pasar unos días más y salir a recorrer los lugares que el estado ofrece, además de la excelente comida. También visitar los municipios cercanos, sobre todo la hermosa playa de Paraíso, y disfrutar de una deliciosa copa de licor de cacao, que solo allí se podía encontrar. Sin embargo, mientras cavilaba comprendió que por tratarse de un estado con preponderante actividad petrolera corría el riesgo de que alguien lo reconociera y corriera peligro su identidad y por consiguiente su vida. Al final decidió volver a la carretera al día siguiente.

Desde Villahermosa, había dos formas de llegar a Cancún, una por Chetumal y otra por Mérida. Optó por la segunda, en cuyo trayecto vio un extraño fenómeno, si así se le podía llamar. Al pasar por un pequeño pueblo pesquero localizado como a una hora antes de llegar a Campeche, la carretera por la que se transita va en forma paralela a la costa, de tal forma que el mar siempre queda del lado izquierdo, pero al entrar a Champotón notó que el mar presentaba una calma que él nunca había visto y le impresionó que en verdad parecía una alberca. Se quedó con la duda de si lo que había visto era parte del río Champotón, pero estaba seguro de que era el mar, por como lo había estado viendo todo el camino. Fue algo que se prometió no dejar de investigar.

Llegó a su habitación, se duchó y al salir encendió la radio. Con *Bolero*, de Ravel, se recostó y con el ritmo de sus notas fue regresando en el tiempo. Recordó su niñez y con claridad vio a su maestra de kínder, miss Lupita, de quien estuvo enamorado. Evocó algunos momentos en el patio de ese kínder ubicado en la calle Pacífico de la colonia Coyoacán, cerca del domicilio de sus padres, y también la primaria en el Pedregal de San Francisco, ese lugar lleno de pobreza y de gente tan auténtica, que iba a los lavaderos enfrente del kínder a lavar su ropa. Ese Pedregal ahora estaba habitado por completo por gente que llegó y tomó posesión, formando las colonias de estos terrenos.

Recordó a sus maestros de los seis años que estuvo ahí; las veces que su papá iba por él, la alegría que le daba verlo esperándolo afuera de la escuela y sobre todo el premio que esto implicaba: los bien ganados tacos dorados con crema y queso. Nunca le importó que la persona que los preparaba estuviera más sucia que las llantas de los camiones de refrescos, mayor importancia tenían esos ratos que pasaba con su padre.

Se enderezó al sentir su rostro húmedo, se secó los ojos y comenzó a llorar como un niño, deseando serlo de nuevo y correr a refugiarse en los brazos de su padre; sentir como nunca esa seguridad que solo pudieron darle esos brazos. Su padre lo enseñó a utilizar las herramientas y a ser útil, pues siempre le decía que una persona acomedida nunca estorbaba. Lo enseñó a ser honrado y no solo con palabras, sino con hechos. Eso él lo tenía como premisa y esta le había permitido tener bien ganada su reputación en el medio petrolero no solo de México, sino del mundo.

Al recuperarse sintió que por primera vez en muchos años había hecho algo que no estaba razonado, por primera vez solo sus sentimientos habían actuado dentro de él. Eligió llorar, reír, gozar; en fin, no más razonamientos y sí más sentimientos. Cuando sintiera que estaba predominando la razón, se acordaría de los tacos con crema y queso y sentiría en su paladar aquel sabor que nunca más le permitiría ser conscientemente racional.

Terminó de vestirse, salió de su habitación y tomó el ascensor que lo llevaría al restaurante, a la planta baja del hotel. Iba a cenar, puesto que en el camino no se había detenido a comer nada. El capitán se le acercó y él le informó que cenaría solo, por lo que lo llevó a una mesa pequeña al otro extremo de la entrada. Se sentó y pidió que le sirvieran una cerveza, pues el calor lo había deshidratado un poco.

Mientras le traían la cerveza, hizo un recuento del viaje hasta ese lugar y de todo lo que había podido reflexionar al viajar solo todo ese tiempo. Recorrió con la vista el entorno y uno a uno iba escudriñando a los comensales, imaginando mesa a mesa la vida que tendrían cada uno de sus ocupantes. Por la forma como se miraban, de la pareja dedujo que se trataba de recién casados, por la felicidad que irradiaban y por cómo se tocaban las manos. Una familia con tres niños no dejaban de hablar sobre las actividades del día y se congratulaban por estar ahí. De los adultos mayores que cenaban y que tomaban fotos de todo pensó que iban a visitar a los nietos.

En fin, toda una historia que relatar por cada persona. Se sintió incómodo por verse diferente a ellos, porque de cualquier forma tenían sus vidas encaminadas hacia algún lugar; en cambio, él aún no sabía a dónde iba a parar ni qué iba a hacer. En eso, le llamó la atención la pareja que acababa de entrar y sintió un vuelco en el estómago al reconocer a Don Zeick, quien lo había entrevistado unos días antes. De momento no supo qué hacer, si pararse y saludarlo o tratar de pasar desapercibido para no revelar su nueva identidad. Le trajeron su cerveza y procedió a bebérsela, aún con la incertidumbre de qué hacer.

Don y Zira se acomodaron en la mesa, tratando de sentirse lo más cómodos posible, ya que su situación no les permitía estar tranquilos por completo. Se les acercó el capitán, los dos ordenaron bebidas en las rocas y pasaron a comentar la decoración, que se asemejaba mucho a un lugar selvático. «No puede ser de otro modo —dijeron—, pues el ambiente y el clima son los adecuados». Continuaban recorriendo el lugar con la vista y admirando su decoración cuando, al bajar la vista para mirar a los comensales, Don descubrió a Julio bebiendo su cerveza. La sorpresa lo dejó atónito, solo que ya no tuvo tiempo de estudiar la situación porque su mirada se cruzó con la de Julio y ambos quedaron viéndose, esperando cada quien que el otro tomara la iniciativa.

Julio decidió acercarse a Don y saludarlo, sabiendo que se estaba arriesgando demasiado, pero suponiendo que si no lo hacía podría correr más peligro, pues resultaría sospechoso el querer pasar por alto su presencia.

—Buenas noches —dijo Julio, dirigiéndose a Don con una voz que sonaba como si en realidad se hubieran encontrado en diferentes circunstancias.

—Buenas noches —respondió Don, poniéndose de pie y estirando la mano—. Permíteme presentarte a Zira Mahouk.

—Mucho gusto —dijo Julio, presentándose y ofreciéndole la mano a Zira.

—El gusto es mío —respondió ella.

—Por favor, acompáñenos —intervino Don, invitando a Julio a sentarse en la mesa.

Mientras se sentaba, la mente de Julio trabajaba a gran velocidad tratando de dilucidar la relación que había entre ellos, por qué estaban ahí y si Don le haría más preguntas acerca de la entrevista. En fin, una serie de dudas que seguro despejaría durante la velada.

Por su lado, Don tenía similares aprensiones, solo que él ya estaba considerando la posibilidad de acercarse a Julio para conseguir ayuda. «Después de todo, ¿qué mejor pantalla que un mexicano?», se preguntó. Pensó conducir la plática hasta enterar a Julio de la situación y de alguna manera comprometerlo a ayudarlos.

—En verdad me sorprendió mucho encontrarlo aquí —comentó Julio—. Desde luego, es un placer poder disfrutar de su compañía, aún sin esperarlo.

—Es usted muy amable —dijo Don, moviéndose un poco en su silla—, y hablo por los dos. A veces la vida nos pone en situaciones de veras desagradables y como recompensa nos da la oportunidad de vivir situaciones como la que se nos presenta ahora. Quiero decirle que si alguien agradece este encuentro somos nosotros.

Zira trató de adivinar lo que escondían las palabras de Don y decidió quedarse a la expectativa y participar solo en caso necesario porque intuyó que estaba queriendo obtener algo. Dado que él era la única persona con la que podía contar y confiar, cumpliría el papel de simple espectadora.

—¿Conoció usted a Zira en Irak cuando estuvo realizando su trabajo en ese país? —preguntó Don.

—Ofrezco mis disculpas —respondió Julio—, pues no tuve la oportunidad de verla durante mi estancia en ese país. Como dije, si por este hecho cometí alguna descortesía, de nuevo ofrezco mis disculpas.

—No se preocupe —repuso Zira—, a veces estamos rodeados de tanta gente que resulta imposible tener en mente a todos, sobre todo cuando se trata de personas a las que solo vimos por instantes. Agradezco sus disculpas.

—Bueno —continuó Don—, Zira era la secretaria particular de Sadam Huseín y, por razones que en su oportunidad le explicaré, decidió dejar su país y buscar una nueva vida.

Al terminar el comentario, el periodista escudriñó el rostro de Julio esperando detectar algún gesto que le indicara si iba por buen camino o si cambiaba el tema de conversación.

Julio se sorprendió un poco, ya que en sus circunstancias pensaba que era la persona menos indicada para poder ayudar a alguien.

—Bueno, yo creo que tomó la decisión correcta y lo hizo en el momento adecuado. Confieso que me desconcierta un poco, y quizá no esté muy bien enterado, el cómo pudo usted dejar a Sadam, sobre todo en circunstancias tan críticas.

Cuando Don escuchó estas palabras, dedujo que Julio estaba más que enterado de la situación que se vivía en Irak y eso lo alertó más, ya que tendría que determinar hacia qué lado de la balanza él se inclinaría.

—En verdad, la salida de Zira fue un poco intempestiva —intervino Don, tratando de que Julio se interesara más sobre el tema— y créame que no fue fácil. Sin embargo, el que estemos aquí es lo que cuenta. Ahora, permítame preguntarle, ¿cuál es su impresión de la situación que se está viviendo ahora en Irak?

—Bien, aunque no soy un experto en la materia, pienso que algunas personas no nos conformamos con lo que tenemos y, como vieja experiencia de la humanidad y gastado pretexto de tiranos a lo largo de la historia, el poder impulsa muchas formas de actuar. Es decir, cualquier acción que se tome va a justificar el fin que se persigue, que en este caso es tener más y más.

»El hecho de que se haya publicado la situación del estado de las reservas petroleras de Irak antes de que ellos hubieran efectuado cualquier movimiento precautorio, les dio la pauta para tener el pretexto de invadir Kuwait, que además pienso se tenía ya planeada y solo esperaban la oportunidad, sin siquiera llegar a considerar alguna otra razón.

Mientras hablaba, Julio comprendió por qué se encontraban Zira y Don juntos. Estaba convencido de que la información que se había filtrado a la prensa no había sido proporcionada por ninguno del grupo; si así hubiera sido, Mohba le habría avisado para que estuviera preparado.

Por su lado, Don también intentaba adivinar los pensamientos de Julio, de manera que pensó que ya era ineludible decirle la verdad.

—Imagino que habrá adivinado la razón que tuvo Zira para su salida, déjeme decirle que está usted en lo cierto.

—Bueno, yo... —quiso hablar Julio, pero Zira lo interrumpió.

—Permítame, Julio, creo necesario y justo que le hablemos sobre la situación que vivimos. En efecto, me enteré de la información que usted entregó al gobierno. Se podrá imaginar la gran sorpresa y el mayor disgusto de Sadam al conocer este informe y sobre todo porque no le fue proporcionado con oportunidad. Aunque el informe estaba listo para que él lo viera desde el día que usted lo entregó, el problema era la cantidad de actividades que tenía, no el hecho de que no se le haya entregado con mayor anticipación.

»No sé muy bien si la rabieta ya la tenía preparada, porque de forma inmediata tomó la decisión de invadir a Kuwait para poder enfrentar, según sus palabras, el caos petrolero que se avecinaba. Entonces consideré que, como iraquí, tenía el deber de dar a conocer esta información —tomó aire y dejó escapar un suspiro.

»Salí del palacio, subí a mi auto y me fui a casa. Reflexioné sobre lo que había sucedido y tuve sentimientos encontrados entre la lealtad y el porvenir; tenía la obligación de hacer algo para que mi país no sufriera el duro juicio de la historia, lo que a mi juicio creo que logré porque en la actualidad se encuentra desvirtuado por completo el movimiento bélico que hoy se lleva a cabo, ahora. El hecho de que hayan atentado contra la vida de Sadam refuerza más mi forma de pensar, pues demuestra que los iraquíes no estamos de acuerdo con esta situación.

Se hizo un silencio y Don pensó que él no lo hubiera dicho mejor, de modo que con un guiño le dio a entender a Zira que estaba de acuerdo con su comentario. A su vez, Julio pensaba en las jugarretas del destino, cuando creyó que se había alejado del problema, se encontró inmerso en él de nuevo y de qué forma. «Quizás yo era iraquí en mi vida pasada», se dijo a modo de broma, ya que en esta vida estaba destinado a intervenir en forma definitiva en la historia presente de Irak. «Ojalá la historia no lo cuente, pues traería consecuencias nefastas tanto a mi país como a otras gentes», volvió a decirse, concluyendo en que lo mejor era quedar como otra persona más ignorada por la historia.

Don tomó la palabra para contarle a Julio, a grandes rasgos, lo que había sucedido. Empezó a relatar la forma en que Zira lo había contactado esa noche, lo que pasó en la embajada de los Estados Unidos, la forma en que la sacaron de Irak y la negociación con el gobierno para protegerla a cambio de información.

—Ahora bien —continuó—, la situación se agrava cuando mi gobierno decide retirarle la seguridad, con lo cual no estoy de acuerdo y en la ocasión haré algo al respecto, aduciendo lo del atentado a Sadam, plan que Zira no conocía y por lo tanto no comentó durante sus declaraciones. Por esta razón, mi gobierno consideró que necesitaban quedar exentos de la sospecha de haber actuado en coordinación con los perpetradores, por lo que determinaron que la mejor forma de mantenerse ajenos era cortando con cualquier persona que pudiera comprometerlos.

»Yo decidí que, más que mi obligación, era mi deber ayudar a Zira, por la amistad que tenemos y por ser quien en ella confió. Como podrá darse cuenta, me obligué a no abandonarla en este momento en que su vida ya no tiene valor para los iraquíes. Justo por esto que le contamos es que me atrevo a pedirle su ayuda para encontrarle una vida definitiva a Zira.

Julio pensó otra vez en las jugarretas del destino, porque mientras él trataba de comenzar una nueva vida, otras gentes le pedían ayuda para lo mismo. Precisamente por esto, no podía contarles que él estaba viviendo una situación parecida. Además, no estaba de acuerdo en que la vida de Zira ya no tenía valor para los iraquíes, al contrario, era tan valiosa que sabían que si no la eliminaban seguiría proporcionando información sobre Irak y sobre Sadam, lo que no podían permitir.

—Desde luego, haré lo que esté a mi alcance para ayudarlos —prometió Julio, tratando de parecer seguro—, solo que ahora no veo cómo. Algo se nos ocurrirá, consideren desde hora que soy una persona en la que pueden confiar al cien por ciento.

Zira miró fijo a los ojos de Julio y a través de ellos comprendió que en efecto era alguien en quien se podía confiar. Después de cenar, cada quien se fue a su habitación, no sin antes pasar por la administración del hotel para solicitar que las reasignaran, ya que a partir de ese momento ocuparían habitaciones contiguas.

18 de enero: El huracán

Julio se levantó temprano y encendió el televisor del hotel para escuchar las noticias. Entre ellas, le llamó la atención la referida al huracán Gilberto, el cual se aproximaba a tierras mexicanas, y que por la trayectoria y velocidad que traía podría pegar en la península de Yucatán cerca de las nueve de la noche del día siguiente.

Llamó a Don y quedaron de verse en el desayuno. Al colgar, pensó que ya estaba bueno de malas noticias y sintonizó en la radio *Gavilán o paloma*, con José José. De inmediato recordó la noche que pasó con Lorena, la única mujer de la que se había enamorado y a la que nunca olvidaría, sobre todo por la forma en que terminó todo. Debido a su orgullo, no supo retenerla a su lado y aún no lograba resignarse a tenerla lejos.

Cuando la canción finalizó, él había acabado de arreglarse y bajó al restaurante para su cita con Zira y Don.

—Buenos días —saludó.

Ambos contestaron, se acercó el capitán y ordenaron el desayuno. Después que les sirvieron, platicaron sobre algunas generalidades y más adelante Julio abordó el tema de rigor.

—Escuché en el noticiero de la mañana que un huracán se dirige hacia esta península y que si no cambia su trayectoria podría estar pegando el día de mañana, alrededor de las nueve de la noche —comentó Julio, mientras daba un sorbo a su jugo de naranja.

—Yo también lo escuché y ya hice algunas indagaciones con personal del hotel —dijo Don—. Me comentaron que estaban siguiendo con atención las noticias y que, en caso de que decidamos quedarnos, este lugar es seguro. Está considerado como albergue para estos casos, pero que ante cualquier otra duda están en posición de aclararla.

—Me tranquiliza tu comentario, ahora lo importante es decidir si nos quedamos o nos movemos, considerando que tenemos un poco más de 24 horas para estar en un mejor lugar.

—Desde luego que podríamos movernos —intervino Zira, un tanto impaciente, pues al parecer no se sentía muy bien—, y que conste que no conozco este país. Sin embargo, me queda la duda y quisiera saber si tenemos ya algún plan definido o si este movimiento será solo el primero de los muchos que tendremos que hacer de aquí en adelante.

—Entendemos tu inquietud —respondió Julio, viendo en la cara de Don la misma contrariedad que le había causado el comentario de Zira—, pero simplemente ahora estamos evaluando la situación que se nos está presentando. Pienso que igual que movernos es quedarnos, ya que en fin este lugar hasta ahora nos ha proporcionado buena seguridad.

—Yo también creo que pudiéramos evitar movernos —reafirmó Don, con el propósito de que Zira se sintiera segura y tranquila—, ya que coincido en que hasta ahora la seguridad de la que hemos gozado ha estado en un nivel razonable.

Al final, decidieron quedarse y esperar el paso del huracán, lo que además les daría su buena dosis de adrenalina, ya que ninguno de los tres había pasado antes por la experiencia.

Durante el resto del día, Julio y Don estuvieron platicando sobre posibles escenarios que les dieran la alternativa de moverse a otro lugar. Hablaron de moverse hacia alguna isla del Caribe o a algún país de América del Sur. Sabían que por seguridad no debían demorar tanto en tomar la decisión, de manera que acordaron que un par de días después del paso del huracán se moverían en principio hacia Ciudad de México, que les parecía ideal para pasar desapercibidos y así ir definiendo un plan concreto para el futuro.

Mientras tanto la vida del hotel transcurría sin mayores problemas, solo se veía a la gente hacer preparaciones y arreglos para esperar el paso de Alberto.

19 de enero: Encuentro inesperado

En el aeropuerto de la ciudad de México, en la sala de espera del vuelo a Cancún, el doctor Assim, Fyara y Mohba esperaban para abordar el avión que los llevaría a lo que por ahora consideraban su destino final. Tratando de que el tiempo pasara más rápido, Fyara quiso caminar un poco en la sala, miraba a través de las ventanas el movimiento de las personas entrando y saliendo de los aviones, pasillos, salas y, preguntándose por qué se hallaban ahí, se dio cuenta de que sentía envidia.

Tal vez la mayoría de esa gente estaba ahí por gusto, por placer o por negocios y deseó que ninguna de esas personas estuviera ahí por huir de su país y de su gobierno para salvar la vida. Y si alguien estaba allí por las mismas razones que ella, se congratuló porque sabía que ya tenían ganada la mitad del camino y que solo era cosa de tener paciencia ante la nueva vida. Sin embargo, se vio como la parte sobrante del rompecabezas y determinó que no volvería a sentir lo mismo, ya que si iba a comenzar de nuevo lo que menos se debía permitir era lástima por ella misma.

Volteó, decidida a no volver a ser débil ni insegura, y se encontró frente a frente con Ramad. Ambos se sorprendieron, pues jamás pensaron que pudieran verse en un lugar tan lejano de su país. Tardaron unos segundos en reconocerse, un instante de absoluta incertidumbre para Fyara y de contundente sorpresa para Ramad.

—Hola —dijo él, esbozando una gran sonrisa—, ¿qué estás haciendo aquí?

—Hola, me encuentro en viaje de trabajo y me dirijo a la ciudad de Cancún —respondió Fyara, intentando parecer normal.

—Yo también voy a Cancún, creo que salimos en el mismo vuelo. ¿Estás acompañada? —preguntó.

—Sí, vengo con dos personas más del gobierno, en un rato te las presento —respondió ella, más desconcertada que nerviosa.

—Yo también vengo acompañado —dijo Ramad, tomando del brazo a Enion para presentárselo.

Fyara sintió un leve escalofrío al apretar la mano de Enion, cuyos ojos le parecieron inexpresivos y fríos.

—Vamos a Playa del Carmen —continuó Ramad, haciendo a un lado a Enion—, un pueblo cercano a Cancún.

—Qué casualidad, nosotros también, así que nos iremos juntos —dijo Fyara, pensando que era una buena oportunidad para moverse por un país que desconocía. Ahora solo le faltaba escuchar las opiniones de sus acompañantes.

Mientras, Assim y Mohba veían desde lejos la plática que sostenía Fyara con el desconocido y se alarmaron de que en ese lugar tan lejano alguien los conociera, sobre todo porque a ciencia cierta no conocían su situación actual en Irak. Fyara se acercó y notó el gesto de preocupación de los dos, por lo que quiso calmarlos.

—Permíteme un momento —le dijo Fyara a Ramad—, me están llamando. Te veo en un rato.

Se dio la vuelta y caminó hacia Assim y Mohba, mientras Ramad la seguía con la mirada.

—Él es Ramad Lion —les explicó, tomando una buena cantidad de aire—, está asignado a la embajada en Estados Unidos como agregado cultural y viene a Cancún en plan de trabajo, más bien a Playa del Carmen, un pueblo cerca de esa ciudad. Así que le dije que nosotros también íbamos con el mismo propósito y consideré que era una buena manera de estar en un lugar que no conocemos.

»Ahora, ¿cómo es que lo conozco? Bueno, un par de veces coincidimos en reuniones de amigos y me pidió que saliéramos. En ambas ocasiones le respondí que no podía, pues a decir verdad no es mi tipo y simplemente no iba a perder el tiempo ni a darle falsas esperanzas a una persona que no me interesaba, más allá de una simple amistad.

Assim y Mohba trataban de entender mejor la situación y al final comprendieron que no tenían otra opción, que no les quedaba sino adherirse a la idea de Fyara y sobrellevar la farsa hasta que se pudieran deshacer de Ramad. No pasó mucho tiempo para que los llamaran a abordar su vuelo y se dirigieron al avión con más ilusiones que preocupaciones, siguiendo las indicaciones del personal de la aerolínea.

Ocuparon sus asientos y solo vieron a Ramad y a Enion cuando pasaron a los suyos en la parte trasera del avión. Fyara notó la mirada de Ramad sobre ella y la sintió como acoso, pero no quiso darle mucha importancia. Estaba comenzando una nueva vida y no iba a permitir que una persona del pasado empezara a arruinársela.

Durante el vuelo hablaron solo de cosas sin mayor relevancia, cuidando de no decir alguna palabra que los pudiera poner en aprietos. En ocasiones cerraron los ojos para descansar un poco.

El avión de Aeroméxico aterrizó sin contratiempo en el aeropuerto internacional de la ciudad de Cancún. Los iraquíes bajaron, concentrándose en la salida de la sala, y Fyara aprovechó para las presentaciones. Mohba y Assim tuvieron la misma primera impresión de Enion que había tenido Fyara, pero nada comentaron.

—Tengo un vehículo rentado, me gustaría que me permitieran llevarlos a Playa del Carmen —ofreció Ramad, dejando sentir que ya conocía el lugar y que sabía lo que hacía—. Solo tardo unos minutos en traerlo y estaremos listos para partir.

—Gracias, le agradecemos que se ofrezca a llevarnos —dijo Assim, dándole un voto de confianza a Fyara al tener la opción de moverse sin necesidad de andar preguntando.

Mientras Ramad caminaba hasta la arrendadora de autos pensaba en lo afortunado que había sido por haberse encontrado con Fyara, así tendría otra excelente oportunidad de cortejarla. Sabía que el lugar y el ambiente le darían más posibilidades, por lo que, sin hacerlo notar demasiado se desplazó como un joven alegre y motivado por la conquista que estaba por alcanzar.

Al llegar a Playa del Carmen, se registraron en el mismo hotel en donde se alojaban Julio, Don y Zira, les asignaron habitaciones y cada quien ocupó la suya, quedando en verse a las nueve de la noche en el restaurante para cenar, a invitación de Ramad.

En lugar de tomar un baño o una siesta, Ramad y Enion dejaron sus cosas en la habitación y fueron al domicilio de Zira. Al llegar a la privada, pasaron muy despacio por el frente y estudiaron el lugar, los accesos y el número de casas. Inspeccionaron los terrenos vecinos, revisaron los postes de luz y de teléfono y verificaron si había cámaras de vigilancia en los domicilios o calles cercanas. Tomaron nota de todo lo que les pudiera ser útil para poner en práctica su encomienda.

Les llamó la atención que las casas estaban deshabitadas, pero no hicieron mucho caso de ello pensando que tal vez sus moradores se encontraban temporalmente fuera y que regresarían más tarde. De modo que decidieron dar el golpe esa misma noche, ya que por lo que habían visto no había forma de que se presentara algún contratiempo. Regresaron al hotel justo a tiempo para tomar un baño y bajar al comedor para la cena.

A las ocho cuarenta y cinco bajaron al comedor Julio, Don y Zira. Se sentaron en una mesa junto al cristal que daba al balcón, frente a la maravillosa playa iluminada y al fondo la isla de Cozumel, famosa por sus arrecifes y espacios ideales para bucear. Al sentarse, desde luego la vista los motivó a conversar sobre el buceo y, tras tomar un aperitivo, acordaron que en cuanto les fuera posible harían un *tour* a ese lugar bendecido por la naturaleza.

La plática los entretuvo y no se percataron de que poco a poco la gente fue ocupando las mesas y, por lo tanto, no vieron entrar al grupo de Mohba y sus acompañantes, quienes se sentaron en una mesa más cercana a la salida, ya que por el número de comensales tuvieron que acomodarles dos mesas para que pudieran estar más cómodos.

Al cabo de un rato, Julio comenzó a escuchar algunas voces que le eran familiares, solo que no comprendía el idioma y, por lo tanto, no distinguía de qué hablaban. Al mismo tiempo, Zira se sentía incómoda precisamente porque estaba oyendo hablar a personas en su lengua. Julio volteó hacia las otras mesas para ver a las personas que allí se encontraban y así calmar la tentación ante lo que oía.

El ambiente del restaurante se llenó del sonido de *All by Myself*, de Eric Carmen, y justo entonces Julio descubrió al doctor Assim, Mohba y a Fyara con dos personas desconocidas. De pronto, se sintió invadido por una serie de emociones, ya que había pensado que no volvería a ver a su amigo Mohba y ahora el destino se lo colocaba a pocos metros de distancia. Empezó a pensar con rapidez en lo que haría, pues todo estaba fuera de lugar y él estaba acostumbrado a que todas las cosas tenían su tiempo y su espacio. Se sentía como un niño tratando de pelear con Tyson. Optó por acercarse a saludar a Mohba.

—Buenas noches —dijo, tocando el hombro de Mohba.

Todos voltearon, pero solo Mohba, Fyara y Assim sintieron un vuelco en el estómago al reconocer a Julio. Ramad y Enion solo lo miraban como a alguien extraño.

—¡Julio! —exclamó Mohba con sorpresa y alegría sinceras, levantándose de su silla y dándole un cálido abrazo.

Julio fue saludándolos a cada uno y, no sin cierto recelo, le presentaron a Ramad y a Enion.

—Es una verdadera sorpresa encontrarlos aquí —comentó Julio, viendo a los ojos de cada uno de los comensales—, tan lejos de su país y en este lugar tan apartado.

—Es cierto —asintió Mohba, tomando la palabra para dejarle ver a Julio el pretexto para justificar su estancia—, te diré que venimos acompañando al doctor Assim a unas conferencias que dará en unos días. Como todo fue tan repentino, de verdad que no tuvimos tiempo de avisarte para que nos viéramos, lo que por supuesto este encuentro hizo innecesario.

—Estamos gratamente sorprendidos por su presencia aquí con nosotros —intervino Assim, como tratando de reafirmar lo dicho por Mohba—. Créame que es de las cosas que a veces lo hacen a uno feliz.

—Le agradezco sus comentarios, sabe usted bien que no necesitamos palabras para demostrar sentimientos.

Entonces reaccionó y pensó que había dejado a Don y a Zira sentados sin darles explicación alguna, de manera que los trajo hasta la mesa.

Sin mayores preámbulos, todos fueron presentados y en poco tiempo estaban compartiendo la misma mesa. Cuando le presentaron a Zira, Ramad no podía dar crédito a su buena suerte, ya que sin esforzarse en la búsqueda tenía enfrente a la persona por la que había venido a ese lugar. Sin embargo, quiso confirmar la identidad de Zira, a pesar del tenso ambiente, ya que las razones por las que estaban ahí eran diferentes a las que en principio se había planteado.

—Señora Zira —dijo mirándola fijo—, se me hace usted conocida y le ruego disculpe mi mala memoria, ya que a una dama de su presencia no se le puede olvidar a uno, sobre todo si se precia de ser caballero.

—No se preocupe —respondió Zira, algo inquieta por sentirse observada más de lo normal—, tal vez nos hayamos visto en alguna ocasión. Discúlpeme usted también, pero no recuerdo haberlo visto.

—Tal vez en las páginas sociales, ella es una señora de sociedad y por sus actividades es frecuente su presencia en las notas periodísticas —intervino Don, sabiendo que cualquier tema relacionado con la identidad de Zira debía ser tratado con pinzas y sin permitir que se profundizara en el tema.

—Bueno, yo creo que siendo algunos de los que están aquí del mismo país y sobre todo con ciertos puestos de responsabilidad, no sería difícil que en algunas ocasiones hayamos tratado asuntos sin tener incluso un mayor trato —intervino Mohba.

Julio escuchaba atento y notó que la plática se dirigía al tema de saber quién era quién, por lo que cambió de tema para distraer la atención de todos.

—Por cierto —preguntó—, ¿ya saben sobre el huracán que se avecina?

Ramad volteó a ver a Enion y con la mirada parecían preguntarse sobre sus planes.

—Perdón, ¿dice usted un huracán? —habló Ramad, demostrando un total desconocimiento del asunto.

—Así es —respondió Julio, satisfecho de haber logrado su propósito—, se espera que pegue aquí, en el Caribe mexicano, mañana por la noche. Sin embargo, no se preocupen, ya que este hotel está habilitado como albergue para estos casos, lo que significa que no corremos ningún riesgo y pueden estar tranquilos.

—Desde luego que ustedes están pensando en quedarse, ¿o no? —preguntó Ramad, esperando una respuesta que diera de nuevo forma a sus planes.

—Así es —asintió Don, mirando con extrañeza a Ramad ante la pregunta que acababa de plantear—, esto es como la montaña rusa, no sabe uno que se siente hasta que se sube. Decidimos quedarnos ante todo por la seguridad que nos brinda el lugar.

—¿Qué pasaría si decidiéramos partir antes del evento? —preguntó Fyara.

—Bueno, lo que sé es que ya todos los vuelos están llenos y solo quedarían dos opciones: salir en vehículo o en autobús —respondió Julio, meditando la respuesta.

—Yo creo que si usted decidió quedarse es porque no hay peligro, así que considero prudente que también nos quedemos —afirmó Assim, sabiendo que con su decisión ya no había que tratar más el tema.

—Por lo demás, hace muchos años que no me subo a la montaña rusa —bromeó.

Estallaron todos en carcajadas, lo que contribuyó a relajar la tensión que se estaba creando entre los ocupantes de la mesa.

Continuaron con la cena, charlando de diferentes temas sin tocar de nuevo asuntos delicados.

Pidieron la cuenta al terminar y, solícito, Ramad quiso pagarla.

—Quisiera que me permitieran invitarlos por esta noche —dijo muy cordial a los comensales—. Pasé un rato en verdad agradable y no todas las noches tenemos la oportunidad de compartir un rato ameno con buena bebida y buena comida en un lugar tan atractivo y, sobre todo, con gente tan importante como ustedes.

Finalizó indicando con sus manos las instalaciones del hotel y enfatizando sus palabras mientras señalaba hacia el mar.

Todos sopesaban con mucho cuidado el significado de cada palabra y algunos gesticularon al encontrar cierto mensaje oculto. Sin dudas la situación de cada cual había contribuido a despertarles un sexto sentido que en adelante no perderían.

Ya en su habitación, Ramad y Enion comentaban los acontecimientos de la noche y evaluaban la situación, puesto que su plan había cambiado.

—Creo que no puedo tener mejor suerte —dijo Ramad mientras sacaba del frigobar una botellita de *whisky* y se lo servía en un vaso con hielo—, mira que encontrarnos a Zira en nuestro mismo hotel. Por supuesto, esto obliga a cambiar los planes.

—Yo también creo que es mucha suerte —comentó Enion, recostándose en la cama—. ¿Qué sugieres?

—Aprovecharemos el huracán que se acerca para realizar nuestro trabajo —precisó Ramad, haciendo a un lado la cortina de la ventana para ver hacia afuera y tomando un buen sorbo de su vaso—. Será de tal manera que parezca una más de las víctimas del fenómeno natural.

—¿Qué pasará con las otras personas? —preguntó Enion con genuino desconocimiento.

—De hecho, como parte del nuevo plan, hay que considerar incluir dentro de la ejecución de Zira a quien se entrometa. Es decir, cualquiera de las personas con las que estuvimos esta noche es candidata para acompañar a Zira en su viaje —respondió Ramad, mirando a Enion y tomando otro trago. Dejó el vaso vacío y masticó los hielos.

Enion escuchó con atención y asintió lo del nuevo plan. Esa noche descansarían como si no tuvieran nada que hacer, pues bastante merecido se lo tenían.

—Mañana será otro día —dijo Enion.

—Más bien mañana será el día —repuso Ramad.

Entretanto, Julio estaba reunido en su habitación con Zira, Fyara, Mohba, Assim y Don.

—Creo necesario y conveniente que explique qué hacemos aquí —habló Julio, paseándose por la habitación con gesto de preocupación—. Primero, permítanme decirles que Zira y Don son un tercio de la naranja; Fyara, Assim y Mohba son otro tercio y que el último tercio soy yo. Ahora, ¿qué naranja? Bien, yo creo que lo conveniente será que cada quien explique por qué está aquí esta noche.

Con la mirada, los invitó a que tomaran la palabra.

—Julio, tú sabes por qué nos encontramos aquí —intervino Assim, midiendo cada palabra— y no quisiera que Zira y Don corrieran un peligro innecesario al conocer nuestros motivos.

—¿Peligro? —intervino Zira— Para su tranquilidad, les diré que técnicamente soy una mujer condenada a muerte debido a mi deserción y a la entrega de información que hice al gobierno de los Estados Unidos de Norteamérica. Si ustedes consideran que me ponen en peligro, yo les informo que más bien es al contrario.

—En efecto —terció Don, reafirmando lo dicho por Zira—, no comentaré más de lo que sea necesario, solo les digo que la vida de Zira corre peligro por lo que les acaba de comentar y que yo estoy aquí para ayudarla. Claro, ahora con la ayuda de Julio.

—Gracioso —retomó la palabra Assim, esta vez más relajado—, yo pensaba que nuestro problema los hacía peligrar, pero me doy cuenta de que por razones diferentes aunque por el mismo fin estamos ahora juntos.

Assim continuó hablando después de voltear a ver a Fyara y a Mohba.

—Nuestra situación es en parte parecida a la suya, en el sentido de estar condenados a muerte, pero nosotros vinimos aquí por azares del destino; igual pudimos haber ido a otro país o incluso a otro lugar. Ya habrá oportunidad de comentarles con detalle nuestra situación. Solo quisiera que sepan que cualquiera que sea el motivo por el que están aquí, tienen y hablo en nombre de nosotros tres, todo nuestro apoyo y respaldo.

Como si se hubieran puesto de acuerdo en el orden de apariciones, todos voltearon a ver a Julio, quien sintió la mirada y comenzó a hablar.

—Verán —dijo, rascándose la cabeza y esbozando una sonrisa, más de congoja que de satisfacción—, parece que yo fuera más bien el centro de la naranja, ya que de alguna manera todos tienen que ver conmigo. Si retomamos los hechos, se darán cuenta de que estamos juntos porque yo los conozco a todos y este hecho me hace ser también vulnerable a cualquier atentado. Se preguntarán ¿por qué Julio? En pocas palabras, debo decir que estoy íntimamente relacionado con el grupo del doctor

Assim y como resultado de esa relación surgió la información que manejó Zira. Claro, quiero puntualizar que al aceptar mi participación sabía que había un precio que pagar y espero que si todos nos ayudamos y nos unimos el precio puede ser muy bajo.

—Creo justo que después de lo que dijo Julio, ahora yo explique mi participación —habló Fyara volteando a ver a Assim, quien la invitó a seguir con una leve inclinación.

En breves palabras, ella y luego Mohba relataron su participación. Todos se quedaron callados cavilando sobre el asunto e imaginando de qué forma se iban a apoyar entre ellos, ya que no se habían preparado para algo parecido.

—Antes de continuar —intervino Don, con la expresión de quien quiere estar bien enterado—, permítanme preguntarles si alguien conocía de antes a Ramad.

Todos se miraron entre sí, y Mohba y Assim voltearon a ver a Fyara.

—Bueno —comenzó Fyara, un poco turbada—, yo lo conozco de algunas reuniones en donde coincidimos y en las que me invitó a salir un par de veces sin que haya aceptado, pero en verdad conocerlo no.

—Creo que valdría la pena saber quién es —insistió Don, preocupado—. Es muy raro que, aparte de nosotros, se encuentre una persona de la misma nacionalidad que la de ustedes y sin embargo Zira, que es la que podría conocerlo, no tiene ni la menor idea de quién es. ¿No es así? —volteó a ver a Zira.

—Así es —respondió Zira, enfatizando sus palabras—. La experiencia me dice que cuando se han querido deshacer de algún «estorbo», contactan a algún agente fuera del país. En verdad nunca supe de alguna ejecución, pero ya saben que en los pasillos de cualquier lugar las paredes escuchan.

—Creo que esto confirma mis sospechas —continuó Don, con la misma cara de preocupación—, él es la persona que ha sido enviada para eliminar a Zira.

—Si lo que afirma Don es cierto —dijo Assim, levantándose de su asiento y acercándose a la ventana—, entonces creo que todos corremos peligro, ya que, como acabamos de escuchar, todos tenemos algo que pagar a Sadam.

—No creo que haya necesidad de asustarnos —habló Julio, tratando de atenuar la tensión—, más bien habrá que poner todos nuestros sentidos en lo que vamos a hacer.

—Lo conveniente será que de ahora en adelante no nos separemos —dijo Mohba, mirándolos a todos.

—Considero injusto que por mi culpa corran ustedes peligro, tal vez Ramad no sepa la participación de ustedes y solo venga por mí. De manera que creo que lo mejor es que me entregue y los deje a ustedes afuera del problema —dijo Zira, tratando de ser por esta vez la heroína del cuento.

—De ninguna manera —gruñó Don, tomando a Zira por el brazo—, ya te dije que yo me haría cargo de que nada te pase y créeme que lo cumpliré, así pierda la vida. Sí, sé que es una frase trillada, pero si hay necesidad de demostrártelo, con gusto lo haré.

—Así es, nadie te dará la espalda, ni a ti ni a ninguno de nosotros. —Julio habló más fuerte de lo normal.

Todos asintieron y concluyeron en que no se abandonarían, por lo que decidieron que a partir de ese momento no se perderían de vista para evitarle cualquier tentación a Ramad y a Enion.

Se acomodaron en la habitación y, antes de dormirse, charlaron un poco entre ellos. Don y Zira salieron a la terraza y contemplaron la maravillosa noche que se les estaba obsequiando.

—¿Sabes que tengo una amiga? —le preguntó Zira, caminando muy despacio hacia la orilla del balcón y mirando hacia el cielo.

—Si la tienes, aún no me la has presentado —respondió Don, detrás de ella.

—No necesita presentación, pues todas las noches te acompaña —respondió Zira señalando la luna con la actitud de la niña que acaba de hacer una travesura—. Ella ha sido mi confidente durante muchos años y no sabes lo bien que se siente, a pesar de estar lejos del lugar donde siempre nos reuníamos, tener de nuevo la oportunidad de verla y charlar con ella.

—Suerte que tienes —dijo Don sin dejar de mirar la luna—, yo nunca he tenido a alguien así y no sabes la falta que me hace. La soledad es traumatizante y destructiva, con facilidad dejas que todo pase en tu vida sin darte cuenta de lo solo que estás, pasando los días que en verdad no estás viviendo.

—Tienes razón —dijo Zira, exhalando un suspiro—, pero creo que tenemos el carácter y la fortaleza para repelerla.

—En eso estoy de acuerdo —asintió Don con la mirada fija en Zira—, pero qué importa toda la fuerza y el carácter cuando no tienes con quién mostrarlo.

—Gracioso —dijo Zira, sonriendo y mirando a los ojos de Don—, estamos hablando como si de veras no tuviéramos a alguien a quien le importáramos. Al final, no necesitamos ver más allá de nuestras sombras para descubrir a la persona que nos puede dar la posibilidad de mostrar toda la fuerza y profundidad que tiene un cariño como el que estamos dispuestos a dar y recibir.

—Creo que entiendo y no sabes lo nervioso que estoy, me siento como un joven de 16 años en su primera cita. Permíteme conservar la magia de este instante.

Don hablaba con voz entrecortada y temblorosa. Miró hacia el cielo, fijándose en la luna. —Tú, que eres su confidente y que nunca la has abandonado, tienes dos trabajos. El primero, decirme si ella estaría dispuesta a casarse conmigo; el segundo, que me des el secreto que tienes para cuidarla y no permitir que le pase nada.

Zira sintió que su vida tomaba sentido en ese instante, solo la desconsolaba saber que ambos corrían peligro. Así que se preguntó: «¿por qué no darme la oportunidad de vivir lo que inconscientemente he deseado?». No importaba que solo fueran diez minutos, pero esos diez minutos los gozaría como si fueran toda una vida.

—Creo que la primera pregunta te la puedo contestar yo misma —dijo acercándose, ofreciéndole los labios y susurrándole «sí».

Se abrazaron y se dieron el beso que culminaba con su larga serie de soledades y que presagiaba una vida como la de muchos, llena de deseos y esperanza. Luego, con la luna como testigo y bañados por su luz, hicieron el amor como un par de adolescentes, descubriendo que no solo se habían entregado uno al otro, sino que además se habían hecho un solo ser y que ya nada los separaría, ni la muerte, porque sin decirlo sabían que si alguno de los dos faltaba, el otro iría detrás para seguir juntos.

Mientras tanto, Julio platicaba con Fyara y tomaban una copa de vino blanco. En la radio transmitían un programa especial de los Rolling Stones. Para ambos era una plática que había empezado sin mayor importancia, pero poco a poco se fueron dando cuenta de lo que compartían. De modo que, sin querer, llegaron a hablar de sus vidas privadas.

—Lorena fue la mujer de mi vida —decía Julio, dando un sorbo a su copa mientras escuchaba *As Tears go by*— y por tonto no supe retenerla a mi lado. Desde esa vez no me he vuelto a fijar en ninguna otra, quedé muy lastimado; sobre todo por mi forma de ser, pues no acepté nunca tener una relación en la que no hubiera siempre alguna razón. Es decir, cero espontaneidades; perdona, pero no sé si me explico.

—Sí, te entiendo —respondió Fyara, que permanecía sentada en el sillón—, solo me intriga saber qué esperas de tu futuro.

—Te diré algo —respondió Julio, dando otro sorbo a la copa—, hace algunos días me propuse cambiar y dejar de ser «racional», así que de ahora en adelante tomaré la vida como vaya llegando y si por suerte llego a encontrar otra mujer, trataré de no perderla y retenerla con lo que me dicte el corazón. Solo usaré la razón para saber que si la pierdo estaré cometiendo de nuevo otro error y que volverá a pasar mucho tiempo para que pueda corregirlo. Créeme, no deseo eso de nuevo.

—Bueno, al menos tú has tenido la suerte de un amor y un desamor —dijo Fyara, dejando ver una profunda nostalgia en sus palabras—. Creo que el sufrimiento por cualquier causa no se le desea a nadie; sin embargo, te envidio por las dos cosas. Yo me dediqué por completo a mi carrera porque decidí que no iba a pasar hambre ni pobreza como las que viví en mi niñez y, de forma inconsciente, puse una barrera a cualquier tipo de relación amorosa que se pudiera dar y que me hiciera desistir de esa meta. Ahora me doy cuenta de que, en efecto, no he pasado hambre ni pobreza, pero ahora qué importa si estoy en franca huida y lo peor de todo es que no sé qué va a pasar el día de mañana, ya que no tengo ni perro que me ladre.

Mientras la escuchaba, Julio movía la copa, la veía con detenimiento e iba descubriendo en su mirada el clamor de una mujer sola, dura, pero sola. Fue sintiendo afinidad con sus ojos, con su boca, dándose cuenta de que Fyara le gustaba mucho y que haría todo lo posible por conquistarla.

—De alguna manera, todos en un momento de nuestras vidas —dijo Julio, tratando de que sus palabras sonaran conciliadoras—, tenemos que tomar una decisión, lo importante es que tengamos la oportunidad de rectificar o ratificar y saber aprovechar esa oportunidad. Te ofrezco a partir de hoy que en mí encontrarás un amigo en el que de verdad puedes confiar y que por nada del mundo te dejará sola.

—Gracias —respondió Fyara, mirándolo—, yo sé que el instante nos hace hablar y tal vez más de la cuenta, pero al ver tu mirada sé que eres honesto y, por lo mismo, acepto tu ofrecimiento. Incluso quisiera que pudiéramos tenernos la suficiente confianza como para aconsejarnos sin más interés que el de nuestro bienestar.

Julio asintió y pronto se despidieron. Se fueron a dormir, pero no pudieron conciliar el sueño con facilidad, pues estaban conscientes de que las cosas iban a ser diferentes a partir del día siguiente y no solo por los acontecimientos que se avecinaban, sino porque sabían que caminarían juntos el resto de sus vidas.

20 de enero: Los científicos

A la mañana siguiente, arribaron al aeropuerto de Cancún cuatro científicos de la Universidad de Boston, enviados para darle cercano seguimiento al huracán que pronto afectaría al Caribe mexicano. A nadie le llamó la atención la cantidad de equipaje y las cajas que, al salir del aeropuerto, subieron a una camioneta alquilada. Tomaron la carretera a Playa del Carmen, pues muy cerca de allí pasaría el centro y pensaban observar el fenómeno y efectuar una serie de experimentos.

Se hospedaron en el mismo hotel en el que se encontraban Julio y compañía. Sacaron su equipo y lo colocaron sobre la azotea del hotel, en los jardines y en los balcones de algunas habitaciones.

Mientras tanto, Ramad definía el plan que llevarían a cabo esa noche y repasaba con Enion cada una de las acciones. Cuando terminaron y consideraron que estaban listos, bajaron a disfrutar de las instalaciones del hotel.

En la alberca nadaban Mohba y Julio, mientras Don, Zira, Fyara y Assim tomaban el sol, que no tardaría en dejar de alumbrar según indicaba la cantidad de nubes que se veían en el horizonte y que anunciaban la inminente llegada del huracán.

Assim veía el horizonte sin dejar de lado su calidad de científico y se encontraba inquieto porque no sabía lo que le deparaba el destino. Veía el sol y pensaba que si no fuera por el evento natural que se avecinaba, diría que brillaba de una forma diferente. Trató de imaginar de qué forma influía ese brillo en la personalidad de las personas e intentó analizar el comportamiento de cada uno en estas circunstancias. Se percató de que él mismo era diferente, ya que notó que se sentía relajado, con la mente más despejada y que a pesar de las circunstancias actuales tenía al menos lo que estaba disfrutando: tiempo para cavilar y, sobre todo, sin tener encima la responsabilidad de algún asunto relevante.

El hecho de que todos hubieran aceptado estar juntos los ponía al mismo nivel y en realidad eso no lo molestaba en lo más mínimo; al contrario, disfrutaba ser una persona más. Se colocó las manos debajo de la cabeza, cerró los ojos y dejó que el sol siguiera cayendo a plomo sobre su cuerpo, sabiendo que en adelante lo importante sería justo eso: las cosas sin importancia.

Ramad llegó y se sentó junto a Fyara con el objetivo de invitarle una copa.

—Buenos días —saludó Ramad, mostrando una felicidad que quienes la notaran pensaran que solo disfrutaba unas merecidas vacaciones—, espero que hayan pasado una noche agradable.

—Gracias, en efecto pasé una excelente noche —respondió Fyara, tapándose la luz del sol para poder ver bien la cara de Ramad.

—Me alegro —dijo Ramad, esbozando una gran sonrisa—. ¿Qué te parece si nos acercamos al bar a tomar una copa?

Fyara aceptó y, al levantarse, volteó a ver de reojo a Julio, quien le hizo una seña de que se adelantara, que él llegaría luego.

Fueron hasta el bar de la alberca y Ramad le acercó la silla con cortesía para que ella se sentara, pero Fyara le pidió que se sentaran en la barra. Se sentaron y cada uno ordenó una margarita, mientras en el ambiente se escuchaba *Red Red Wine* de UB40.

—He querido verte en Bagdad y no me ha sido posible —comenzó Ramad, sin ocultar su gozo por estar con Fyara en ese lugar—. Ahora que estoy viviendo en Estados Unidos es aún más difícil, pero me gustaría que me dieras la oportunidad de que cada vez que vaya a Irak pudiera pasar algún tiempo contigo.

—No sé qué decirte —repuso Fyara, tratando de que su voz sonara amable y no denotara el desagrado y la intranquilidad que Ramad le inspiraba—. Aunque esto suene a cliché, soy una mujer muy ocupada y no me gustaría dejarte plantado por culpa de alguno de mis compromisos.

—No te preocupes —insistió Ramad, resintiendo un poco la negativa inicial—, no te estoy pidiendo alguna cita formal, solo te pido la oportunidad de vernos en alguno de mis viajes a Irak.

—Bueno, háblame cuando estés por allá y ya veremos —respondió Fyara, ya que sabía que tal posibilidad no existiría.

Estaban en eso, cuando llegaron Julio y Mohba, quienes, fingiendo una gran cordialidad, los saludaron.

—Hola, Ramad —dijo Julio primero—, ¿qué están tomando?

—Margarita —dijo Fyara, adelantándose con la respuesta.

—Bueno, ¿qué les parece si los acompañamos? —preguntó Julio, sentándose con Mohba en sillas contiguas.

Ninguno se dio cuenta que esto no había molestado en lo absoluto a Ramad, ya que él estaba haciendo planes para su primera cita con Fyara en Irak.

En la azotea del edificio, los científicos de Boston seguían colocando el equipo y observando con gran interés toda la estructura del edifico. Al mismo tiempo, con una cámara instantánea, uno de ellos tomaba fotos de Don y Zira y después las pasaban a todos los demás para que cada uno fijara en la mente el rostro de ambos.

Después de terminar su margarita, Ramad se despidió, entendiendo que no era el momento para intentar algo más con Fyara. Esperaría una mejor oportunidad.

—Parece que ya estamos listos para nuestra gran noche —comentó Mohba.

—Así es —respondió Julio, viendo cómo se alejaba Ramad—, solo nos resta esperar como un cazador acecha a su presa.

—Es cierto —asintió Mohba, viendo también a Ramad—, creo que la comparación es odiosa, pero exacta.

Se levantaron de sus sillas y regresaron con el resto del grupo a esperar a que llegara la tan esperada noche, temida por ellos y por los miles de habitantes de las islas y pueblos cercanos.

El resto del día se dedicaron a prepararse para la llegada del huracán. Cerca de las cuatro de la tarde, el personal del hotel reunió a la mayoría de los huéspedes para explicarles cuál sería la dinámica de seguridad para esa noche. El «grupo», como se llamaban entre ellos, escuchó con atención todas las indicaciones. Cada que se escuchaba una indicación importante, Julio volteaba a ver a Don y asentían en el sentido de que tomarían nota y que la considerarían más allá de la seguridad para enfrentar el huracán.

En cuanto terminó la reunión, Julio y Don efectuaron un recorrido por el hotel, identificando los posibles lugares en los que se pudieran refugiar ante cualquier eventualidad, así como las posibles salidas hacia los vehículos.

El resto del día transcurrió sin que ocurrieran situaciones de mayor importancia, solo se dedicaron a prepararse para el evento.

* * *

Eran las diez de la noche y el huracán pegaba cada vez con más furia, ya que a última hora se lo había considerado el huracán más fuerte del siglo. Esto hacía que todas las previsiones que se habían tomado se quedaran cortas en comparación de lo que venía. Lo primero que se perdió fue la señal de radio de la estación que transmitía desde Cancún, alertando a los habitantes de las costas y poblados que captaban esa señal en idioma español y lengua maya a que se acercaran a los refugios y que no enfrentaran solos el fenómeno. Poco después se perdió la energía eléctrica dejando a oscuras todo el hotel.

Dentro del cuarto, a través de algunos huecos que se hacían entre los colchones recargados en las ventanas, el grupo veía cómo el viento movía las palmeras y los autos en el estacionamiento.

Como lo habían previsto, estaban todos juntos y constataban que poco se podía hacer y que todo el orgullo de la raza humana se convertía en humildad ante tal demostración del poder de la naturaleza, con el viento silbando por las rachas de más de 285 km/h. Sin embargo, era cosa de que pasaran un par de días para que nuestra vanidad regresara hasta que de nuevo la naturaleza se hiciera presente.

Solo tenían un par de velas, que les habían sido proporcionadas por personal del hotel, que habían decidido guardarlas para alumbrarse en el estricto caso de que tuvieran necesidad de realizar alguna tarea, por lo que la mayor parte del tiempo estaban en penumbra. El silencio de la habitación se rompía con el ruido de las palmeras y los árboles que se agitaban al ritmo del viento, además del constante silbido del viento, que cuando había alguna racha se incrementaba. De vez en cuando se escuchaban vidrios rotos o algunas voces que provenían de afuera. Estaban en la montaña rusa y en ese momento nadie la podía parar.

Transcurrieron un par de horas, durante las cuales hablaron solo para preguntar sobre su estado y no pudieron decir más. Julio sintió a ratos que la estructura del hotel se movía con la fuerza del viento y como nunca en su vida sintió temor, ya que nadie les garantizaba que seguirían viviendo. Comprendió que el menor problema era Ramad y que al finalizar el huracán algo haría para que Ramad dejara de ser problema.

Mientras tanto, Ramad y Enion solo esperaban la oportunidad para cumplir con su objetivo. Tomaron las metralletas Uzi con silenciador, se vistieron con trajes negros, se pintaron la cara del mismo color y se colocaron gorros y lentes de visión nocturna. Con esto estaban seguros de que difícilmente serían vistos debido a la oscuridad que reinaba en el hotel. Además, colocaron pequeñas lámparas en las metralletas, que daban un haz de luz roja con un radio de más de un metro, lo bastante fuerte para cubrir de luz su objetivo.

Salieron de la habitación que ocupaban en el cuarto piso del hotel y, con mucho cuidado, pero aprovechando que el ruido del viento les permitía caminar sin mayor sigilo, recorrieron los pasillos hasta encontrar la habitación de Zira. Ramad trató de girar la perilla de la puerta, pero estaba cerrada con llave, por lo que le indicó a Enion que la tirara.

Sabía que el ruido se confundiría con los que generaba la furia del huracán, así que Enion abrió la puerta de una patada y, como dos ratones que entran a su madriguera sabiendo que ahí se encuentra su queso, entraron a la habitación cuya distribución ya conocían porque la mayoría eran iguales. Ramad apuntó su arma hacia los sillones de descanso, Enion hacia la cama y sin esperar dispararon a discreción.

Como la oscuridad era total, los fogonazos de las metralletas se asemejaban al resplandor de un rayo, no pararon hasta darse cuenta de que no había nadie, por lo que enseguida Enion fue hasta al baño y también disparó su arma hacia la tina, pero tampoco había nadie. Sin demora, se acercó a Ramad a la espera de instrucciones.

—Habrá que pensar con calma en dónde la podremos hallar —dijo Ramad a Enion, con la respiración agitada y el rostro cubierto de sudor, pues a pesar del huracán, el calor seguía siendo fuerte, sobre todo porque sin luz en el hotel los aires acondicionados no funcionaban—. La última vez que la vi estaba junto a Don, ¡vamos a su cuarto!

Salieron de la habitación de Zira y se llegaron hasta la de Don. Lo primero que hicieron fue verificar si se podía abrir y al girar la perilla la puerta se abrió, confundiéndolos, pues se habían proyectado tirar la puerta. Aunque sabían que Don no estaba ahí, igual entraron a la habitación y realizaron la misma operación, confirmando que también estaba vacía. Esto desconcertó a

Ramad. «Voy a revisar todas las habitaciones si es necesario y no importa cuánta gente inocente muera», pensó.

—Vayamos a la habitación de Fyara, puede ser que esté con ella —dijo Ramad molesto, pues no estaba acostumbrado a los imprevistos en sus misiones, y sobre todo frustrado, ya que si tenía que eliminar a Fyara junto con Zira lo tendría que hacer.

Ambos salieron y fueron a la habitación de Fyara, ya con gestos de impotencia por no poder realizar su trabajo como lo habían planeado.

A medida que avanzaban hacia las otras habitaciones, Ramad pensaba en lo que tendría que hacer para terminar su misión, evaluando cada posibilidad y lamentándose, porque toda la suerte que había tenido antes ahora se le alejaba.

Mientras tanto, los científicos de Boston, con sus equipos negros, salieron armados con metralletas Uzis con silenciador. Su misión era terminar con las vidas de Zira y Don, ya que John Cook había determinado que la CIA no podía correr riesgos. Sabía que si acababa con la vida de Zira terminaba también con el riesgo de Estados Unidos de verse inmiscuido en el asunto del atentado a Sadam.

Esta situación ya empezaba a crear problemas a su gobierno, pues era bien sabido que la CIA había estado antes detrás de otros atentados, aunque en el caso de este ni siquiera sabían quién estaba detrás. Por lo tanto, más fácil era cortar de tajo con cualquier persona que pudiera ligarlos, por mínima que fuera la relación. Asimismo, terminando con la vida de Don, también acababa con su riesgo personal. «Muerto el perro, se acaba la rabia», decía Cook.

El equipo salió del quinto y subió por las escaleras al cuarto piso del hotel, donde sabían que estaban las habitaciones de Don y Zira. Con mucha agilidad y orden, como si se tratara de una práctica, bajaron las escaleras, cubriendo cada hombre una parte del terreno por donde avanzaban. Frente a la puerta del cuarto piso, uno de ellos la abrió y los demás tomaron posiciones, cubriendo ambos lados.

Como si toda la vida hubieran estado ahí, sin tropiezo alguno recorrieron el corredor palmo a palmo, moviéndose como habían aprendido en el entrenamiento que días antes habían tenido en la réplica de las instalaciones del hotel, solo que al doblar hacia la izquierda para ir al primer cuarto, justo enfrente de la habitación de Julio, donde se encontraban todos, se toparon con los dos iraquíes. Al verse frente a frente, la sorpresa los congeló por unos segundos, suficientes para permitir que ambos grupos se contaran: dos contra seis. Ramad accionó su arma y sus lentes de visión nocturna le permitieron ver caer a algunos hombres en una escena que duró una fracción de segundo, antes de que, deslumbrado por los destellos de las otras armas, recibiera los impactos en su cuerpo. «¿Qué hice mal?» fue la última pregunta que se hizo.

Pese a que las armas tenían silenciadores, el grupo pudo oír en la habitación el sonido de los cuerpos al caer y algunos gemidos, lo que los hizo entender lo que sucedía en el pasillo. Casi por instinto, Julio tomó a Fyara y la arrinconó lo más lejos posible de la puerta, donde ya habían impactado algunas de las balas. Los demás hicieron igual y en instantes se encontraban arrinconados donde supusieron que no llegarían las balas.

Pronto el corredor quedó en silencio, no se escuchaba ninguna detonación. Pasaron segundos que se hicieron eternos hasta que Julio habló.

—Creo que debemos asomarnos —murmuró, aún impresionado por lo que había pasado.

—Por favor, no salgas —imploró Fyara, agarrándolo con fuerza de los brazos.

—No te preocupes —dijo Julio, separándola con sutileza—, ya no se escucha nada.

—¿Quién me acompaña? —preguntó.

Don se separó de Zira, a quien había estado cubriendo con su cuerpo, y se ofreció a ir con él.

—Yo también voy —dijo Mohba, saliendo detrás de un pequeño buró.

Se arrastraron por el piso de la habitación, intentando ver entre las penumbras. Con mucho sigilo, abrieron la puerta y, uno a uno, fueron saliendo para encontrarse en el pasillo con la dantesca escena de una fugaz, pero cruenta batalla.

Las luces de las lámparas de las armas aún estaban encendidas, así que pudieron contar los cadáveres.

Tomaron las armas, les quitaron las lámparas y luego las tiraron al mar por una de las ventanas rotas del corredor. Alumbraron las caras y distinguieron, entre los científicos americanos, a Ramad y Enion. Sintieron un fuerte escalofrío al pensar que ellos pudieron haber sido los que estuvieran ahí tendidos.

—Por fortuna, no somos nosotros —dijo Julio, casi gritando, ya que el ruido del viento era demasiado alto.

—Nunca había temblado, aunque tuviera calor —dijo Mohba.

—¿Qué hacemos? —preguntó Don, volteando a ver a Julio.

—Lo primero será deshacernos de los cuerpos.

Antes, Don buscó entre las ropas de los científicos, halló las identificaciones de cada uno de ellos y procedió a guardarlas, ya que sabía para qué le iban a ser útiles. Reunieron los cadáveres y, al igual que con las armas, los arrojaron por la ventana. Regresaron a la habitación y le comunicaron al resto lo que había pasado.

—Creo que alguien de arriba, muy poderoso, nos está ayudando y nos está poniendo la mesa para resolver de manera definitiva nuestros problemas —dijo Assim.

Todos se quedaron callados, esperando que Assim les explicara, y él continuó exponiéndoles su plan. Determinaron la acción inmediata y se dispusieron a llevarla a cabo.

Julio, Don y Mohba salieron de la habitación y, ya con la confianza de que no corrían peligro, se dedicaron a recorrer todas las habitaciones a fin de indicar a sus posibles moradores que, por órdenes de la administración del hotel, tenían que desocuparlas y bajar a un lugar más seguro. Encontraron ocupada solo una habitación y, una vez que se fueron los huéspedes, regresaron a informar al grupo y a continuar con el plan.

El siguiente paso, fue que Fyara y Assim llevarían a Don y a Zira a una habitación en el primer piso, mientras que Mohba y Julio irían a las habitaciones para crear un cuadro que permitiera explicar su desaparición.

Salieron al corredor y la fuerza del viento a través del cristal roto les hacía poco menos que imposible caminar. Cada grupo tomó el rumbo que le correspondía. Así fue como el primero encontró la puerta de las escaleras, bajaron al segundo piso y al entrar al cubo de las escaleras el ruido del viento era imponente, se apagaba y a la vez se hacía un eco especial, produciendo un sonido que se escuchaba sobrenatural, difícil de imitar y de identificar. Desde luego, la oscuridad era absoluta; de no ser por las lámparas que portaban, hubiese sido muy difícil bajar a ese piso.

Al llegar al segundo piso, salieron al pasillo y se dieron cuenta de que aún se encontraban intactos los vidrios de las ventanas de los pasillos; de manera que no tuvieron dificultad para buscar con toda calma una habitación vacía y ocuparla.

Mientras tanto, Julio y Mohba llegaron primero a la habitación que ocupaba Zira y se sorprendieron al ver la puerta rota. Al entrar y alumbrar con las lámparas, vieron los destrozos ocasionados por el tiroteo.

—No entiendo —comentó Mohba, alumbrando el cuarto.

—¿Qué habrá pasado? —preguntó Julio—. Será mejor que vayamos a la habitación de Don.

Sin mayores indagaciones, salieron del cuarto y siguieron a la habitación de Don. Al verla intacta, acentuaron su desconcierto.

—Creo que nuestros dos amigos están empezando a vivir su segunda vida —comentó Julio, escudriñando la habitación.

—Significa que... —dijo Mohba.

—Así es —interrumpió Julio, confirmando el temor de Mohba de que si hubieran estado en sus habitaciones no hubieran tenido la más mínima posibilidad de sobrevivir—, lo que no me queda claro es quién o quiénes fueron los autores, ya que encontramos dos grupos.

—Yo creo que fueron los iraquíes —conjeturó Mohba, alumbrando al corredor—, ya que, según el lugar y las posiciones de los cuerpos, entiendo que los americanos apenas estaban llegando y los iraquíes ya venían. Tal vez se encontraron de frente y sucedió lo que ya vimos.

—Es cierto —dijo Julio mientras terminaba de recorrer la habitación— y más escalofríos me dan al pensar que, al no encontrarlos en sus habitaciones, irían a buscarlos a todas las demás y, por lo visto, lo que menos harían era llegar y tocar solicitando permiso para entrar.

—Tienes razón, creo que todos estamos empezando a vivir nuestra segunda vida —repuso Mohba, alumbrando la cara de Julio.

—Bueno, dejemos de pensar y pongamos manos a la obra —dijo Julio.

Lo primero que hicieron fue romper por completo los cristales de las ventanas para simular que, debido a la balacera, el cuerpo de la persona salió disparado por la ventana; así no se tendría que justificar que no existiera sangre. Al romper los cristales, el viento entró con una fuerza fenomenal que estuvo a punto de lanzarlos a los dos a través de la ventana. Se aferraron a los marcos de las puertas y pudieron avanzar hacia el corredor. Caminaron con más dificultades, ya que el viento, al tener ahora la salida de la habitación de Zira, ejercía más poder de arrastre. Llegaron a la habitación de Don y efectuaron la misma maniobra que en la habitación anterior, solo que ahora con mayor cuidado.

Cuando terminaron allí, fueron hasta el área del pasillo donde se había suscitado la balacera y, con gran paciencia, buscaron posibles zonas manchadas de sangre. Para su suerte, hallaron que 99 % de la sangre derramada estaba sobre la alfombra del pasillo, por lo que procedieron a arrancar un gran pedazo y a tirarlo por la ventana. La idea era que se tuviera la menor cantidad posible de rastros para garantizar la desaparición de Zira y Don.

A continuación, fueron hasta la puerta de la escalera y bajaron presurosos al segundo piso. De nuevo un escalofrío recorrió sus cuerpos al escuchar el viento en el cubo de las escaleras. En el pasillo del segundo piso, se encontraron con Fyara, quien los estaba esperando para indicarles en qué habitación estaban. La siguieron sin hacer preguntas, pues sabían que hasta ese momento se había hecho lo acordado.

Entraron en la habitación y comentaron que todo estaba listo, por lo que procedieron a la siguiente parte del plan. Julio bajó a oscuras hasta la planta baja, donde estaba el personal del hotel, y, con cierto grado de dramatismo, les comenzó a explicar lo que acababa de ocurrir.

—Así es —relataba Julio, con angustia en la voz—, estaba en mi habitación cuando de pronto empecé a escuchar una serie de tronidos apagados, como si alguien estuviera disparando lejos. Me levanté de la cama y al acercarme a la puerta noté que eran disparos y que algunos ya habían atravesado mi puerta. Me resguardé en el rincón más alejado de la puerta, cubriéndome con la mesa de centro de la habitación. No sé cuánto tiempo ha transcurrido, solo sé que pasó un largo rato de silencio, por lo que decidí asomarme. La verdad es que no había nadie, así que antes que otra cosa, bajé con ustedes para informarles.

Tras escuchar con atención lo que Julio les comentó, el personal del hotel envió a un grupo de tres personas a inspeccionar el tercer piso. Para hacer más verosímil su relato, Julio se negó a acompañarlos.

El grupo de inspección regresó y confirmó lo dicho por Julio, afirmaron que habían visto los impactos de bala en varias partes del corredor, pero no habían encontrado a nadie herido ni muerto. Le pidieron a Julio que ocupara otra habitación, que ellos se harían cargo y que en su momento lo requerirían para que declarara lo que había dicho.

Julio se fue al segundo piso, seguro de que el hotel no correría el riesgo de enfrentar una investigación y que él nunca sería llamado a declarar, por lo que el plan que se ideó iba por buen camino. Llegó a la habitación y les contó lo ocurrido, ahora solo quedaba esperar a que amainara el viento y pudieran llevar a cabo la última parte del plan.

Durante esa espera, acordaron que partirían juntos y que comprarían un bote, ya que salir por carretera iba a ser imposible, lo mismo que por aire. Con el bote tendrían la oportunidad de irse de inmediato, en principio a alguna isla del Caribe; después, cada quien decidiría qué camino le convenía continuar.

Cerca de las cinco de la tarde de ese día, el viento disminuyó de modo considerable su velocidad y pudieron salir del edificio del hotel. La vista no era nada agradable, había bastante destrucción, por lo que los invadió un sentimiento de tristeza y de alegría a la vez, por haber salido vivos de aquella doble experiencia.

Como lo tenían previsto, abandonaron el hotel en medio del desorden que imperaba. Como todos los huéspedes se encontraban afuera también, no les fue difícil salir inadvertidos. Subieron al vehículo de Julio y al que tenían Zira y Don y salieron del hotel rumbo a Cancún, conscientes de que el viaje no iba a ser fácil. Se hicieron de algunas provisiones y tomaron la carretera convencidos que no les podría ir peor.

Hicieron el trayecto a la ciudad de Cancún en un tiempo de cuatro horas, cuando lo normal eran treinta minutos. Llegaron y a duras penas encontraron un lugar donde pasar la noche, ya que todos los hoteles se habían habilitado como albergues y estaban llenos.

21 de enero: Sobrevivientes

Al día siguiente, ya con la luz del sol, todo era diferente. El daño ocasionado por el huracán había sido mayúsculo, el Ejército tenía controlado el acceso a la zona hotelera de la ciudad, por lo que no se veía fácil conseguir el bote que deseaban.

En el hotel de Playa del Carmen hacían un recuento de las víctimas y anotaban en la lista de desaparecidos nueve nombres, los cinco científicos americanos, el de Ramad y Enion y el de Don y Zira. Según la versión oficial estaban muertos.

Cerca de las tres de la tarde de ese día, por fin permitieron el acceso a la zona hotelera de Cancún, por lo que decidieron hacer un recorrido para tratar de ubicar en algún lugar un bote que les pudiera servir.

Mientras avanzaban por la avenida Kukulkán, iban observando los daños sufridos por las casas y hoteles localizados a la orilla del mar. Les llamó la atención la cantidad de muebles que se encontraban regados a lo largo de la avenida, en especial un refrigerador de dos puertas, de tamaño más bien grande, que les hacía ver que no había nada que se opusiera a la fuerza del agua y del viento.

Siguieron por la avenida y encontraron que un barco pesquero con bandera cubana había sido sacado del mar y estaba encallado en la playa, chocado contra el edificio de un hotel. Se bajaron de los vehículos para observar de cerca el inusual espectáculo. Se impresionaron al ver el tamaño de la nave y se preguntaban de qué manera sería regresada al mar.

Continuaron por la avenida y ya se empezaban a escuchar historias de acciones valerosas y eventos de rapiña y robo, situación que en ese contexto les pareció normal, ya que el panorama no dejaba lugar a otro tipo de imaginación. Regresaron al pueblo y comenzaron a indagar sobre la posibilidad de adquirir el bote, preguntaban en los lugares donde comían y a la gente que veían con apariencia de vivir ahí.

Ese día solo dejaron que pasara el tiempo, pues no había mucho que hacer debido a la desolación; viendo imágenes más bien dantescas. Por ejemplo, impresionaba que las torres que soportaban los platos receptores de señales de la oficina de teléfonos estaban doblados como si fueran de plástico. Se comenzaba a conocer que el fenómeno había sido un huracán seco, situación que permitió que no hubiera un daño mayor y que se catalogara como un desastre; esto significaba que la lluvia que había acompañado al huracán no fue tan intensa, lo que evitó que provocara inundaciones.

Por la noche, se prepararon para dormir de nuevo todos en la misma habitación, ahora no por seguridad, sino porque fue la única que encontraron.

Antes de dormir, platicaron sobre lo sucedido y cada cual agradecía a Dios, en su respectiva creencia, la oportunidad de estar vivos. Si bien no estaban en una situación de total confort, estaban vivos y con las capacidades intactas para hacer planes para lo nuevo por venir.

22 de enero: Un nuevo comienzo

Al día siguiente volvieron a la zona hotelera, solo que esta vez lograron detectar en una marina un bote de buen tamaño, por el que se bajaron a preguntar.

—Buenos días —saludó Julio, tratando de ser lo más encantador posible.

—Buenos días —le contestó una voz con tono de extrañeza.

—Sé que es inusual lo que le voy a pedir —dijo esta vez con impaciencia—, pero estamos en una situación de verdadera emergencia. Así que no me iré con rodeos, necesito comprarle su bote, por el que estoy dispuesto a pagarle lo que usted pida.

La petición tomó por sorpresa al dueño del bote, ya que se consideraba afortunado de tenerlo todavía en buenas condiciones. «Si Dios quiso que no le pasara nada es porque esta gente lo iba a necesitar y a mí también me servirá el dinero que me paguen», pensó.

Sin mucho regateo, acordaron el precio y Julio le entregó un anticipo a fin de amarrar el trato, quedando con él en volver en un par de horas cuando retirara el dinero del banco para cerrar la operación.

Regresaron de nuevo al pueblo, Julio hizo el retiro y luego fueron al supermercado para comprar provisiones para tres días. En el establecimiento no había existencias suficientes, pero consideraron que con las que adquirieran podrían llegar a otro puerto y entonces sí abastecerse de manera definitiva para poder terminar su viaje.

Antes de ir por el bote, pasaron por la agencia de Airbone Express, donde Don depositó un paquete dirigido a su mejor amigo, periodista también, pero de la cadena de televisión NBC. Ya en la marina y cerraron el trato y recibieron el bote listo para zarpar.

Cuando el sol estaba en la parte más alta y sus rayos iluminaban verticalmente la Tierra, entre una serie de botes podía verse en el mar uno llamado Águila, que se alejaba hacia el horizonte con su carga de ilusión.

* * *

Días después, podía leerse en primera plana de los diarios el titular «John Cook destituido de la CIA» y abajo, destacado: «El exdirector espera juicio». En efecto, la información precisa que Don Zeick había enviado acusaba a Cook de conspiración y demostraba que en las operaciones no se había tomado en cuenta la opinión del presidente de los Estados Unidos.

LECTURAS RECOMENDADAS

Huachicoleros de 1942 (Ignacio González Angulo)

Questor (Emelio Gómez)

www.ingramcontent.com/pod-product-compliance
Lightning Source LLC
LaVergne TN
LVHW091457170726
843492LV00001B/219